Gemeinsam einsam

Maren Blaschke

Bibliografische Information der Deutschen Bibliothek
Die Deutsche Bibliothek verzeichnet diese Publikation in der Deutschen Nationalbibliografie; detaillierte bibliografische Daten sind im Internet über http://dnb.dnb.de abrufbar.

© 2023 Maren Blaschke

Umschlaggestaltung: Zoe Morling
Lektorat, Korrektorat: Renate Jung
Buchsatz und Layout: Verena Blumenfeld
Publishing: Angela Zigann

Verlag & Druck:
tredition GmbH, An der Strusbek 10, 22926 Ahrensburg, Germany

ISBN (Paperback): 978-3-347-90382-1
ISBN (Hardcover): 978-3-347-90384-5

Das Werk, einschließlich seiner Teile, ist urheberrechtlich geschützt. Jede Verwertung ist ohne Zustimmung des Verlages und des Autors unzulässig. Dies gilt insbesondere für die elektronische oder sonstige Vervielfältigung, Übersetzung, Verbreitung und öffentliche Zugänglichmachung.

Maren Blaschke

Gemeinsam einsam

Ein Roman nach einer wahren Geschichte

1. Kapitel

Ein Remix des aktuell größten Sommerhits dröhnte aus den Boxen. Alles war bunt, alles vibrierte im Hamburger NOHO-Club. Ich schloss die Augen und versank in der Musik, während ich tanzte. Die Hälfte meines Gin Tonics lief mir über meine Hände. Es hätte nicht gleichgültiger sein können. Der Boden unter meinen Füßen war klebrig. Das bedeutete, es musste mindestens Mitternacht sein. Genau wusste ich es nicht, denn ich hatte nicht auf die Uhr geschaut, seit ich um acht die Hälfte meines Burgers hatte stehen lassen. Er war ohnehin kalt gewesen.

Heute war die Zeit egal. Jan war hier und unsere neuen Freunde, das war alles, was zählte. Ein neues Kapitel begann. Viola und Sebastian waren so frisch in meinem Leben, dass sie von nichts wussten.

Viola stieß ihre Hüften an meine. War das ihre Aufforderung zum Tanzen? Ich machte mit. Wir versuchten kläglich, den spanischen Text des Liedes mitzusingen, das gerade lief. Wir verstanden beide kein Wort. Egal. Die gute Stimmung war wichtig, sonst nichts. Viola wusste tatsächlich von nichts. Sonst wäre sie nicht so sorglos in meiner Nähe. Für sie war ich ein unbeschriebenes Blatt. Erleichterung und ein prickelndes Gefühl von Freiheit durchströmten mich.

Das spanische Sommerlied fadete aus. Jan nahm mich in den Arm. Er gab mir einen Kuss auf die Haare, dann flüsterte er mir etwas ins Ohr. Ich verstand bei der donnernden Clubmusik kein Wort, merkte aber an seiner Stimme, dass es etwas Liebevolles sein musste. Um zu erfahren, was mein neuer Freund mir mitteilen wollte, zog ich ihn in eine ruhigere Ecke. Dort forderte ich ihn auf, seine Worte zu wiederholen. Ich wollte keins von ihnen verpassen.

Jan lächelte mich an, mit einem Ausdruck von ‚*Ist nicht so wichtig*‘: »Ich wollte nur sagen, dass du echt gut tanzen kannst. Dachte, du wärst mehr so der Typ für groben Sport. Aber das sah sehr elegant aus.« Die letzten Worte schnurrte er halb. Spielerisch gab er mir eine Kopfnuss. Es war freundlich gemeint, doch sofort zog ich meine Hand zurück.

Ich sah auf ebendiese Hand und in mein Glas. Der Gin Tonic war leer. Als nächstes wollte ich mir lieber eine Cola holen. Ein bisschen was trinken war an einem Abend wie diesem in Ordnung, aber ich hasste noch immer das Gefühl des Betrunkenseins. Dann wäre ich planlos, wehrlos, hilflos. Jan war zwar an meiner Seite. Trotzdem wollte ich wachsam bleiben. Schon jetzt hatte ich ständig die Fluchtwege im Blick. Über jeder wichtigen Tür leuchtete dumpf das grüne Licht des Notausgangszeichens. Durch den Dunst waren sie kaum zu erkennen, doch sie waren da. Ich hatte sie auch schon gezählt. Drei Stück, an jeder Wand eins, und dann noch der Haupteingang, und der Durchgang zum Raucherbereich. Würde ich jetzt noch ein Glas trinken, würde ich die Orientierung verlieren.

Gerade hatte ich mir eine eiskalte Cola Light von der Bar geholt, als Viola mich von hinten halb über den Haufen rannte. Die hatte eindeutig schon einen im Tee ...

»Mir ist waaaarm«, rief meine neue Bekanntschaft mir ins Ohr. Übersetzt bedeutete das, dass sie raus wollte, an die Luft. Wir beiden Frauen zogen unsere jeweiligen Freunde hinter uns her. Draußen atmeten wir alle gemeinsam die Septembernachtluft ein. Der Club war überfüllt, was einen am Samstag auf der Reeperbahn nicht verwundern dürfte.

»Was meint ihr, wollen wir jetzt noch wo anders hingehen?«, fragte Sebastian munter. Er war der Einzige in unserer Gruppe, der tatsächlich rauchte. Also zündete er sich erst mal eine Zigarette an. Viola nickte. Sie überlegte laut: »Hier gibt es viele Bars, in denen man auch tanzen kann. Vielleicht ist es da nicht ganz so stickig. Also von mir aus können wir Barhopping machen. Clara, was denkst du?«

Ich stimmte einfach zu. Ich hatte überhaupt keine Lust, heute irgendwas aktiv zu planen. Ein Teil von mir wollte sich einfach nur treiben lassen. Alle anderen Teile wurden bei genau diesem Gedanken nervös. Sie mussten kurz unterdrückt werden, damit ich endlich mal wieder Spaß haben konnte. Auch Jan war einverstanden. Auch er hatte heute kein bestimmtes Ziel.

Wir wuselten uns zurück, einmal quer über die Tanzfläche, und traten vor den Haupteingang des Clubs. Es war ein bisschen weniger los auf der Straße als zu der Zeit, als wir vor dem Eingang in der Schlange gestanden hatten. Dafür war es jetzt chaotischer, und die Feiernden waren betrunkener. Irgendwie war es lustig und zugleich verantwortungslos von ihnen. Jan sah in unsere Runde. »Wollen wir kurz Pause machen und Richtung Hafen runtergehen? Mir dröhnen noch die Ohren von da drin.«

Hafen klang gut. Am Hafen war alles so frei und leise und offen. Ich hakte mich zustimmend bei ihm ein. Die beiden anderen wollten lieber weiter Action haben und boten an, nach einer passenden Bar zu suchen. Mit lustiger Partymusik, aber gleichzeitig genug Platz und Luft zum Atmen. Sobald sie eine gefunden hätten, wollten sie uns eine Nachricht schreiben. Sekunden später waren die Freunde, die wir im letzten Wanderurlaub kennengelernt hatten, im Getümmel verschwunden.

Schweigend liefen Jan und ich Arm in Arm durch die Seitengassen. Unser Ziel waren die Landungsbrücken. Es war eine angenehme Stille zwischen uns. Bei ihm fühlte ich mich sicher. Normalerweise. Plötzlich zog Jan mich aufgeregt am Ärmel. »Guck mal da, Clara! Was fällt dir auf, wenn du diese Ecke siehst?«

Ecke?

Er meinte die kleine, dunkle Gasse zwischen den Häusern von Sankt Pauli. Die Gasse, die an einer düsteren Wand endete. Sie war vollgestellt mit blechernen Mülltonnen, Schrott war überall auf dem Boden verteilt. Inmitten des Mülls lag ein verlassenes Plüschtier. Aus einer Regenrinne tropfte stinkendes Wasser. Sofort kam ein diffuses, ungutes Gefühl in mir hoch. Ich wollte gar nicht so lange hinsehen. Aber ich wusste, worauf Jan hinauswollte. »Ja, du hast Recht, das gäbe ein perfektes Krimicover ab. Können wir jetzt weitergehen?« Meine Antwort kam schnippisch, so wollte ich zu Jan eigentlich nicht sein. Er sollte doch aber wissen, welche Gefühle solche ‚ausweglosen' Gassen bei mir auslösten. Der scharfkantige Müll überall. Die Tonnen! Die zerschlissenen Fahrradteile auf dem Boden! Fahrradteile ... von einem Radunfall? Scheiße, hoffentlich nicht! Ich wusste sofort: Alles in dieser Gasse war potenziell eine Gefahr. Alles war hart und kalt, schwer, spitz. Die Tonnen sahen aus, als hätte jemand mit voller Gewalt dagegen getreten. Anders konnten die Dellen nicht entstanden sein. Ich sah die Tritte direkt vor mir. Das kaputte Plüschtier löste die größte Angst aus. Was war seine Geschichte? Warum war es so einsam, von seinem besten Freund verleugnet? Die Ungewissheit biss mir in den Nacken. Dann entdeckte ich die abgerissene Stoßstange in der Ecke, und das Nächste, was ich wahrnahm, waren grelle Lichter, das Hupen eines Lasters und ein Mann, der überfahren wurde. Die Stoßstange flog vom Wagen und schlitterte mir vor die Füße. Ich war schuld. Ich war ... Moment, ich war noch immer in Hamburg. Kein LKW, keine Autobahn. Was war das hier für ein Ort? Ach ja, Seitenstraße auf dem Kiez. Verdammt, warum musste er ausgerechnet solche Orte lieben? Also Jan, nicht Georg. Warum befeuerten solche schäbigen Ecken seine Kreativität und in mir nur Angst? Es war nicht fair.

Gewaltsam riss ich meinen Blick weg. Erst kniff ich die Augen zu und drehte den Kopf ruckartig zur Seite. Dann öffnete ich sie vorsichtig wieder und starrte auf ein Werbeplakat für ein Konzert auf die Wand gegenüber.

Jan bemerkte endlich den Ausdruck in meinem Gesicht. »Tut mir leid«, sagte er, »ich kann zu schlecht abschätzen, wodurch es genau wiederkommt. Hafen ist aber okay?«
»Ja.« Ich nickte langsam. »Denke schon. Kommt drauf an, was dort passiert. Man weiß nie.«
Kaum hatte ich das gesagt, stolperten zwei laute junge Frauen um die Ecke, direkt auf uns zu. Sie stritten so heftig, dass sie sich gegenseitig anschrien. »Dumme Bitch« und ähnliche Ausdrücke fielen. Unangenehm für zufällige Zeugen, aber keine größere Sache. Bis die eine der Frauen der anderen an den Haaren zog. Die Festgehaltene schrie kurz auf, dann holte sie zur Backpfeife aus.
»Aufhören!«, schrie ich zurück, wie eine völlig überforderte Mutter, deren Kinder sich gerade fast umbrachten. Augenblicklich hielten die beiden in ihrem Streit inne. Kurz waren sie perplex, sahen sich an. Dann lachten sie. Und zwar gemeinsam. Sie lachten über die mädchenhaft aussehende Frau in ihren Dreißigern, die offenbar meinte, zwei erwachsene Unbekannte erziehen zu können. »Geht klar, Mutti«, lachte Mädchen Nummer eins, etwa zwanzig Jahre alt. Mädchen Nummer zwei schnaubte nur verächtlich. Sie zogen ab und diskutierten weiter, jetzt aber deutlich ruhiger.
Ich stand da wie vom Blitz getroffen. Vor mir sah ich nicht mehr die Straßen von Sankt Pauli, sondern nur noch Haare, an denen gezogen wurde. Mit so viel Wut und angestauter Frustration dahinter. Meine Hände verkrampften sich, und plötzlich war ich wütend auf Jan. Warum wollte der ausgerechnet hier entlanglaufen? Hätten wir nicht auf den Hauptwegen bleiben können? Ohne ein Wort zu sagen,

stapfte ich weg. Es war die falsche Richtung. Das war mir egal, ich wollte einfach irgendwo hin, mich auspowern, mir Luft machen. Der Sport fehlte mir so sehr. Blöde Erkältung letzte Woche. Ich musste alles rauslassen. Jan packte mich ganz sanft am Handgelenk. Er wollte mich wirklich nur beruhigen. Doch weil ich leicht in die andere Richtung zog, entstand dieser kleine Druck. Bloß ein winziger Zug an meinem Handgelenk. Das war schon zu viel. Ich konnte mich nicht mehr rühren, starrte ihn nur an. Die einzige Bewegung, zu der ich imstande war, war, meine Hände schützend über den Kopf zu halten. Ganz langsam bewegte ich sie nach oben, schwer atmend und mit einer flehenden Intensität in meinem Blick, die auch Jan begreifen müsste. Endlich verstand er.

Ruhig und leise fragte er: »Möchtest du gehen?«

»Der Zug. Der kommt noch nicht.« Meine Antwort war mechanisch, doch zu mehr war ich gerade nicht in der Lage. Natürlich hatte ich den Abfahrplan nach Lübeck auswendig im Kopf. Den Zug um kurz vor eins hatten wir gerade verpasst, der nächste fuhr erst zwei Stunden später. Ich wusste es, weil ich beim Verlassen des Clubs doch wieder einen Blick auf die Uhr gewagt hatte. Spontaneität war gut, den Überblick behalten war besser.

»Wann kommt er denn?« Jan hielt seine Stimme weiterhin ruhig.

»Um drei. Hier draußen wird es langsam kalt. Wir sollten zu den anderen gehen. Haben sie geschrieben?«

Jan holte sein Handy aus der Tasche und sah nach. Tatsächlich war bereits eine Nachricht angekommen. Sebastian und Viola saßen in der Kneipe ‚Zum Anker' und hielten zwei Plätze frei. Mit Müh und Not schleppte ich mich zu der Bar. Ein poppiger deutscher Song schlug mir entgegen, als ich den Laden betrat. Andere Songs der Künstlerin kannte ich auswendig. Doch diesen hatte ich selten gehört. Er war zu positiv, zu optimistisch. Damit konnte ich mich selten identifizieren.

Ich bestellte mir ein Wasser und setzte mich an den Tisch. Es tat mir leid für Viola, doch heute war mir nicht mehr nach Tanzen. Solange ich wach bleiben, einigermaßen lächeln und mich unterhalten konnte, war schon viel gewonnen. Unterm Strich war es trotzdem ein guter Tag. Das war mir bewusst. Eine wichtige Rolle spielte dabei, dass ich mit Jan hier war und nicht mit Georg.

Endlich war es kurz vor drei Uhr nachts. Eben hatten wir noch am Hamburger Hauptbahnhof gestanden. Die Jungs hatten sich Döner geholt, dabei sprachen wir über Reiseziele, die wir noch besuchen wollten. Jetzt saßen wir in der Bahn nach Lübeck, und ich legte den Kopf an die Scheibe. Das Surren und Brummen des Zugs beruhigten mich. Hinter mir die angenehm tiefen, erdigen Stimmen von Viola und Sebastian. Es war so ein schöner Abend gewesen, und auch jetzt waren alle Sinneseindrücke um mich herum positiv. Warum konnte ich trotzdem nicht entspannt nachhause fahren, sondern musste die Gedanken im beengten Raum zickzack laufen lassen? Als hätte ich das Wetter bestellt, fing es auch noch an zu regnen, als wir aus dem Bahnhof herausfuhren. Eine unschuldig aussehende blonde Frau, die den Kopf an eine Zugscheibe lehnt und den Tropfen des Septembers zuschaut. Das würde auch ein gutes Buchcover abgeben. Vielleicht war es gar keine so schlechte Idee, ein wenig über die Arbeit nachzudenken und sich damit abzulenken.

Neben mir saß Jan und starrte unkonzentriert auf sein Handy. Auch wenn er etwas betrunken und verschwitzt war, er sah gut aus in seinem Mantel und mit den frisch geschnittenen Haaren. Ich konnte mich glücklich schätzen. Bei ihm zu sein, fühlte sich richtig an. Nicht am Steuer eines Autos sitzen zu müssen ebenfalls. Ich hatte heute keine Verantwortung für das Überleben der anderen. Der Boden und die Sitze hier waren weich gepolstert. Die abgetrennten Kabinen direkt hinter uns könnten etwas Privatsphäre bieten. Hier drin war es sicher. Trotzdem konnte ich nicht loslassen. Vor einer Viertelstunde hatte mir Jan nämlich gesagt, er sei zu betrunken, um die Tickets zu kaufen. Ob ich nicht zum Automaten gehen und welche für uns holen könnte. Es war so eine einfache Aufgabe, etwas, das jede Freundin gerne für ihren Freund tun würde. Mir aber trieb es die Tränen in die Augen. Denn wieder war ich diejenige, die für alles zuständig war. Ich musste mich kümmern und planen, er tat nichts und war stattdessen beschwipst. Je mehr ich darüber nachdachte, desto mehr verkrampfte sich alles und beschleunigte sich meine Atmung. Dabei war es doch nur eine Kleinigkeit. Warum, verflucht nochmal, konnte ich nicht ruhig sein?

Der Zug raste plötzlich unglaublich schnell durch die verregnete Landschaft. Jan riss den Notfallhammer von der Wand. Er schlug damit auf die Scheibe ein. Wie ein Donner hallte jeder Schlag in meinem Ohr. Dann sprang das Glas. Überall lagen Splitter verteilt. Ich sah schon das Blut auf dem weichen Boden des Zugs. Wenn ich aus dem Fenster sah, waren es nicht bloß zwei, drei Meter über dem Boden Schleswig-Holsteins. Es waren mindestens zehn Meter, und zugleich rasten wir mit zweihundert Kilometern pro Stunde über die Felder. Jan nahm Anlauf, sah mich noch einmal hoffnungsvoll an, und sprang.

Ich schreckte hoch und zog meinen Kopf von der sanft vibrierenden Scheibe. Jan war neben mir eingeschlafen. Sein Handy leuchtete noch. Es zeigte ein albernes Meme mit einem Hund. Ich hätte darüber lachen können, aber ich tat es nicht. Mein Atem war erstickt, der Schweiß stand mir auf der Stirn. Ich sah auf mein Handgelenk. Der Druck von vorhin war wieder zu spüren. Jan hatte ihn ausgelöst. Aber er konnte nichts dafür. Er hatte mit Georg und allem, was damals geschehen war, rein gar nichts zu tun.

Ich nahm mir vor, später, wenn ich ausgeschlafen hätte, an den Strand zu gehen. Allein. Oder vielleicht mit meiner Schwester. Am Strand bekam ich immer den Kopf frei.

»Nächster Halt, Lübeck Hauptbahnhof. Wir bedanken uns für Ihre Fahrt mit der Deutschen Bahn.«

Ich rüttelte Jan wach. Mit dem Schlaf noch in den Augen streckte er sich und suchte nach Orientierung. Ich biss die Zähne zusammen. War ja klar, dass ich mal wieder die Aufpasserin sein musste.

⟵

Ich betrete die Wohnung. Es liegt eine Schwingung in der Luft, die nichts Gutes verheißt. Irgendetwas ist anders. Liegt es daran, dass der Fernseher nicht läuft und auch kein Radio? Meistens hat Georg etwas davon eingeschaltet, wenn ich nachhause komme. Es riecht auch nicht nach Essen. Das muss es sein! Sonst kocht er oft, und es riecht so lecker. Heute ist alles geruchlos. Ich sehe mich in der Küche um. Nichts. Ich gehe ins Wohnzimmer. Auch nichts. Doch. Georg? Er sitzt auf dem Boden, sein Blick ist glasig. Er sieht mich nicht, doch er steht auf. Läuft ein paar Schritte. Der Zombieblick ist wieder da. Ich hasse es. Da ist diese pure Leere in seinen Augen. Er läuft nach links und rechts, rüttelt an Gegenständen. Das Gefährlichste ist sicher in Schubladen verstaut. Viele sind abschließbar. Aber mir bleibt jetzt keine Zeit, den Rest noch wegzuräumen. Ich renne so schnell ich kann auf die Gästetoilette und schließe die Tür ab. Mach jetzt bloß kein Geräusch! Vielleicht bemerkt er dann gar nicht, dass du hier bist. Vielleicht geht es diesmal einfach vorüber. Ich lausche und höre ihn die Treppe hochgehen. Er ist sehr leise. Bis etwas zerbricht. Das Krachen ist laut und klirrend, als sei massives Porzellan zersprungen. Wir haben keine so schweren Teller und schon gar nicht oben im Bad. Scheiße, es hilft alles nichts. Ich muss ihm nach, muss sehen, was passiert ist.

Auf Zehenspitzen gehe ich die ersten Schritte nach oben. Dann werden meine Ahnungen schlimmer. Ich sprinte nach oben, nehme immer zwei Stufen auf einmal. Einmal bleibt mein Fuß hängen, meine Zehen stoßen gegen das Holz, doch ich ignoriere den Schmerz. Als ich im Bad ankomme, ist der Klodeckel zerbrochen. Georg hat das darüber liegende Fenster geöffnet. Mist, Mist, Mist! Ich hätte es abschließen müssen. Ich war so nachlässig. Er steht außen auf der Fensterbank, die Arme sind nach oben gestreckt. Kurz starrt er mir ausdruckslos in die Augen. Ein Schlag durchfährt mich und alles wird schwarz.

⟶

Ich fiel, landete weich und wachte auf, in meinem Bett, neben einem friedlich schnarchenden Jan. Nur ein Gedanke jagte mir in der nächsten Sekunde durch den Kopf: Nicht schon wieder! Dann stand ich auf, schnappte mir Stiefel, Schal und Jacke und ging vor die Tür. Die Sonne ging bereits auf. Ich streckte mein Gesicht ihren Strahlen entgegen. Meiner Schwester schrieb ich eine Nachricht, ob sie später mit mir Spazieren gehen wollte. Es war noch früh, doch offenbar war sie schon wach. Denn augenblicklich kam die knappe Antwort: *Keine Zeit, machen einen Ausflug mit den Kindern.*

Ich schluckte. Auch wenn ich mich in den meisten Momenten damit abgefunden hatte, dass ich wohl nie Kinder haben würde, tat es in diesem weh. Wie oft hatte ich mir vorgestellt, eigene Familienausflüge zu unternehmen. Stattdessen parkte ich kurz darauf allein am Timmendorfer Strand. Wind pfiff mir um die Ohren, als ich aus dem alten Wagen stieg. Zwei Möwen stritten um ein Brot. Ich atmete die salzige Meeresluft ein. Bestimmt zehn Minuten verbrachte ich nur damit, auf den blassblauen Horizont zu starren und Segelschiffe zu beobachten. Dann wählte ich Georgs Nummer.

Einmal klingelte es. Zweimal. Dreimal. Beim vierten Tuten wurde der Anruf entgegengenommen.

»Hallo Clara.« Das war erst einmal alles, was er sagte. Wie jede Woche.

Ich fragte: »Wie geht es dir?«

»Mir? Ich komme klar. Meine Mutter stresst rum wegen der Wohnung. Aber ich konnte sie ein bisschen beruhigen und dich da raushalten.«

»Danke. Sie hat mich deswegen auch schon angerufen. Aber ich kann nicht sagen, ob …«

Er unterbrach mich: »Alles gut, Clara. Erzähl mir, wie war dein Wochenende bisher?«

Ich begann zu erzählen. Von unserem Ausflug zu viert nach Hamburg. Über die lustige Hinfahrt mit dem Kartenspiel. Dann erzählte ich ganz stolz davon, dass wir in einem Burgerladen essen waren. Dass ich kaum die Hälfte meiner Portion gegessen hatte, erwähnte ich nicht. Unwichtige Details. Ich erzählte Georg auch vom Club und wie viel Spaß das Tanzen gemacht hatte. Dann hätte ich die Gasse und die streitenden jungen Frauen erwähnen können. Doch das tat ich nicht. Das wäre indirekt ein Vorwurf gewesen. Stattdessen kamen die ersten warmen Tränen hoch.

»Es tut mir so leid! Ich hatte gestern wieder einen Moment, der mich daran erinnert hat, was ich dir angetan habe …« Ich suchte nach präziseren Wörtern, fand aber keine.

»Wovon redest du?«, wollte Georg wissen.

»Ich ... ich ... ich hatte dir doch ... ach, ist nicht wichtig. Aber wenn dir je die Erinnerungen hochkommen an das ...«

Ich musste schon wieder abbrechen. Die Tränen rannten nur noch in Strömen über mein Gesicht. Mühsam fuhr ich fort: »Du hattest das alles nicht verdient. Das weiß ich doch.« Jedes meiner Worte kam langsam und mit viel Schluchzen dazwischen über meine Lippen. Meine Stimme klang immer so piepsig, wenn ich Panik bekam. Das nervte mich.

Ich gab mir einen Ruck, ballte die Hände zu Fäusten, bis es weh tat und entschuldigte mich für alles, was ich Georg in seinen wehrlosen Momenten angetan hatte. Ich ratterte es herunter, sodass er gar nicht mehr zu Wort kam. Inzwischen war ich zwei Kilometer am Strand entlanggelaufen – mindestens. Reihenweise verliebt spazierende Pärchen hatten mich verheult gesehen.

»Georg«, fragte ich, »warum sagst du nichts?«

Ich schaute auf das Display meines Handys mit der zerkratzten Scheibe. Kein Empfang. Wie lange schon? Ich starrte es an. Kein Rückruf, keine Nachricht, ob ich nochmal anrufen wollte. Nur Leere. Georg, warum sagst du nichts?

Wenige Stunden später stand ich mit meinem neuen Freund in meiner neuen Küche, und es duftete herrlich. Gemeinsam würzten wir die erste Kürbissuppe des Jahres. Im Backofen wurde das Brot warm. Jan hatte auf Brot bestanden, mir reichte die cremige Suppe. Ich schnitt Petersilie und

Koriander. Aus dem Lautsprecher über uns erklang ein fröhliches Lied aus den Siebzigern. Am Fenster hatte ich herbstliche Deko aufgehängt. Während wir kochten, sah ich immer wieder nach draußen zu der Wiese, auf der Kinder und Hunde spielten. Es war die perfekte Idylle.

»Du arbeitest morgen nur bis drei?«, fragte Jan.

Ich antwortete, während ich die Suppe abschmeckte: »Ja, genau. Bin um halb vier bei Frau Hirschberger.« Ich freute mich schon jetzt auf den Termin am nächsten Tag. Es tat jedes Mal gut.

»Ich arbeite wahrscheinlich lang. Ich könnte heute schon anfangen, aber ich will, dass es ein richtiger Sonntag wird. Mit dir.« Er gab mir einen Kuss.

Anders als ich ging Jan oft ins Büro. Das hieß, er würde morgen lange dort sein und dann in seine eigene Wohnung fahren. Das war in Ordnung. Ich konnte einen Montagabend allein verkraften. Das half mir auch immer, die neuen Erkenntnisse von Frau Hirschberger zu verarbeiten.

Mein Freund umarmte mich von der Seite. Er gab mir wieder einen seiner typischen Küsse ins Haar und murmelte vor sich hin: »Es tut mir übrigens leid, was ich gestern gemacht habe. Ich weiß ja grundsätzlich, was bei dir die Ängste auslöst. Ich sollte dir solche Szenerien nur noch zeigen, wenn ich dich vorher frage, ob es okay ist.«

Sofort schüttelte ich den Kopf. »Nein. Ich will damit klarkommen. Du kannst mir helfen, dass es wieder Normalität wird. Sei einfach nur verständnisvoll, das reicht schon.«

Er nickte langsam, und ich hörte, wie sein Atem schwerer wurde. Vermutlich dachte er darüber nach, wie er mir seine Ideen schonender präsentieren konnte. Wenn er mir ein Projekt von der Arbeit zeigte, funktionierte es inzwischen ganz gut. Jan war wie ich Grafikdesigner und sein Spezialgebiet waren gruselige Designs. Krimibücher und Verpackungen mysteriöser Spiele konnte er am besten. Inzwischen leitete er sogar ein kleines Team an Gruselgestaltern. Ich hatte ihn ironischerweise darüber kennengelernt. Weil ich für die gleiche Firma arbeitete und harmlosere Bildchen zusammenstellte. Werbeanzeigen und die Banner auf der Website, ein paar Social-Media-Beiträge und ähnliches.

Gerade schaltete ich den Herd aus, denn die Suppe war fertig, als das Telefon klingelte. »Warte kurz auf mich«, rief ich Jan zu, der schon mit dem Teller in der Hand bereitstand und das Brot fertig geschnitten hatte. Ich nahm mein Handy ans Ohr. »Hallo, Annika, bist du's?«

»Clara? Ja, ich bin's. Sagt mal, habt ihr am nächsten Sonntag schon was vor?«

»Nein, noch nicht. Warum? Lädst du uns ein?«

»Nicht zu mir nachhause. Da herrscht das reinste Chaos. Kinder halt. Aber es gibt einen Mittelaltermarkt, und wir wollten fragen, ob Ihr beiden mitkommen wollt.«

Ich fragte schnell: »Hast du Lust auf Mittelaltermarkt mit meiner Schwester und Familie?«

Jan nickte, den Löffel mit der Suppe hatte er dabei schon im Mund. Ach ja, dieser ungeduldige Mann. Ich musste lächeln. Ich sagte Annika zu, wir vereinbarten eine Uhrzeit, ich wünschte ihr und ihrer Familie noch einen schönen Tag und legte auf. Vielleicht hatte sie nur ein schlechtes Gewissen, weil sie heute keine Zeit gehabt hatte, aber ich freute mich trotzdem. Ebenso freute ich mich tierisch auf die Suppe, denn ich hatte bis auf einen Kaffee und eine Banane noch nichts zu mir genommen. Wir setzten uns an den gedeckten Tisch. Der Duft der Kürbissuppe war fantastisch. Dann fiel mein Blick auf das Messer, mit dem ich die Kräuter geschnitten hatte. Verdammt, ich hatte vergessen, es wegzuräumen. Das konnte ich nicht so offen liegenlassen. Ich wollte aufstehen und es jetzt schnell erledigen. Doch meine Füße waren schwer wie Blei, ebenso meine Hand. Sie wollten mir wohl mitteilen, dass es jetzt auch keinen Unterschied mehr machte. Es war zu spät, ich hätte viel früher die Gefahrenquellen beseitigen müssen. Es brachte nichts mehr. Also saß ich reglos da, mit dem Löffel in der Suppe, bis Jan fragte, ob ich sie lieber kalt essen wollte. Wie ich diese Momente hasste.

Die Bäume verloren langsam ihre Blätter, und geregnet hatte es auch. Ich musste vorsichtig fahren, feuchtes Laub lag überall auf der Straße. Im Radio liefen die Nachrichten. Warum konnten die nicht mal fröhlicher sein? Immer nur Tod, Krise, Krieg und Verderben. Der Nachrichtensprecher konnte mir keine Sicherheit vermitteln. Aber Frau Hirschberger würde es gleich können. Ich freute mich wirklich, sie zu sehen. Das war ungewöhnlich. Viele Menschen hatten Angst vor solchen Terminen. Ich liebte sie. Dank unserer Sitzungen konnte ich all die Monster aus der Tiefe hochkommen lassen und endlich zuschnappen.

Nur eine Sache schaffte ich immer noch nicht: Ich schaffte es nicht, den direkten Weg zur Praxis zu fahren. Das hätte nämlich bedeutet, dass ich am Krankenhaus vorbeimusste, direkt an der Einfahrt für Notfälle. Es war nicht mal das gleiche Krankenhaus wie damals, und trotzdem machte es mich wahnsinnig, an dieser Einfahrt vorbeizukommen. Die Schilder, die Krankenwagen mit ihren schrillen Sirenen, das reichte schon, um mich aus der Bahn zu werfen. Also fuhr ich einen Umweg durch die Wohngebiete Lübecks. Hier war es ohnehin viel schöner, und es gab weniger Ampeln. So redete ich mir meinen Zusatzweg schön.

Das letzte Mal, als ich es gewagt hatte und einfach nur schnell vorankommen wollte, waren die Bilder wieder hochgekommen und mit ihnen die schlimmsten Schuldgefühle. Ich sah ihn wieder vor mir. Vier Tage war er ohne Bewusstsein gewesen. Dann war er aufgewacht, und angeblich hatte er kurz darauf meinen Namen gesagt. Sofort hatten sie mich angerufen. Da zündete ich gerade eine Kerze für ihn in einer Kirche an. Als ich ihn dann da liegen sah, ekelte ich mich vor mir selbst. Für eine kurze Zeit konnte und wollte ich nicht glauben, dass ich weiter mit diesem Menschen – mit diesem Ding – zusammen sein sollte. War das, was da entstellt und kaum ansprechbar vor mir lag, mein Freund und meine Zukunft?

Im Nachhinein kam es noch viel schlimmer. In diesem Zustand wäre er immerhin wehrlos gewesen und hätte nicht so viel Schaden anrichten können. Sein Gesicht ... es war so ... schief. Es sah fast unmenschlich aus.

Heute kam es mir übel hoch, wenn ich an meine eigene Oberflächlichkeit dachte. Er war es, der litt. Er hatte sich diesen Zustand nicht ausgesucht, und dann war ich noch so dreist und dachte darüber nach, ihn zu verlassen. Nur weil er im Krankenhaus lag und nicht mehr aussah wie sonst? Die Medikamente waren schuld an seinem verzerrten Aussehen. Das hatten die Ärzte mir dann zum Glück erklärt. Es legte sich auch schnell wieder, die Muskeln in Georgs Gesicht wurden wieder normal. Aber dieser kurze Schock im Krankenhaus war erst der Anfang gewesen. Ich wusste in diesem Augenblick nicht einmal, ob er lebend wieder herauskommen würde. Er tat es und von da an war nichts mehr so, wie es vorher gewesen war.

Es war ein normaler Arbeitstag. Ich saß an meinem Schreibtisch inmitten von Pflanzen, bunten Bildern und mit einer Tasse Tee vor mir. Dort bastelte ich an neusten Designs. Dieses Mal war es ausnahmsweise für ein Printprodukt. Ein Katalog, der für eine Messe unsere schönsten Buchcover zeigte. Gerade passte ich Hintergrundfarben an, als mein Handy vibrierte. Ohne auf den Bildschirm zu sehen, ging ich ran und erkannte sofort Georgs Stimme. Sie war heute freundlich und ruhig. Wieder wollte er wissen, was ich so machte, wie es mir ging. Also erzählte ich ihm vom Familienausflug mit meiner Schwester. Ein kurzes Update über die Arbeit gab ich auch, und über meine Nachbarn. Die waren schon ein kauziges Pärchen. Georg lachte über meinen Bericht, wie Herr Beumer von nebenan ständig seine Schlüssel verlegte und dann von seiner siebzigjährigen Schwiegermutter wieder in die eigene Wohnung gelassen wurde. Es war eine so unwichtige Geschichte, aber wir lachten gemeinsam darüber. Das war schön.

Georg erzählte von einem Turnier, bei dem er am Wochenende zugesehen hatte. Er war immer noch voll in die

Volleyballwelt integriert. Ich hatte dieses Hobby mehr oder weniger hinter mir gelassen. Es war Zeit für etwas Neues gewesen, auf jeder Ebene.

»War Jenny mit dabei?«

»Ja, war sie.«

Inzwischen hegte ich wegen ihr keinen Groll mehr. Es freute mich sogar, dass Georg ein paar seiner Kontakte weiterhin pflegte. »Und habt ihr danach gefeiert?«, fragte ich weiter. Mein Ex-Mann lachte leise durch das Telefon: »Nicht so richtig. Nicht mit Tanzen und Schnaps. Aber mit einer gemütlichen Runde bei mir auf dem Sofa.« Er erwähnte, dass seine Schwester auch dabei gewesen war. Mit ihrem Mann, der im Gegensatz zur Schwester den ganzen Abend eher still gewesen sei und zurückhaltend an seinem Drink genippt habe. Dann ging es um Georgs Kollegen, der neuerdings einen Hund mit ins Büro brachte. So kamen wir auf einen Film mit einem Hund in der Hauptrolle. Von dort wechselte unser Gesprächsthema zu den neusten Seriengeheimtipps. Wir redeten über Klassiker, die wir vor Jahren gemeinsam gesehen hatten, und über Fortsetzungen, die noch gedreht wurden. Ja, Filme und Serien hatten wir sehr viele gemeinsam geschaut. Für eine lange Zeit war nichts anderes möglich gewesen, und das hatte nicht nur an der Corona-Pandemie gelegen.

Mein Computer hatte längst in den Standby-Modus gewechselt. Ich vergaß, woran ich gerade arbeitete. Mit Georg reden zu können und zugleich nicht für irgendwas in seinem Leben verantwortlich zu sein, war zu schön. In diesem Gespräch war ich einfach nur eine langjährige gute Freundin, die mit ihrem besten Freund sprach. Als wir wieder zurückgewechselt hatten zum Thema Volleyball, klingelte es an der Tür.

»Warte kurz, das müsste die Post sein.«

Ich stand auf, öffnete die Tür und tatsächlich war es der Postbote. Er brachte ein paar Bücher und Hosen, die ich bestellt hatte, nichts Besonderes. Als ich zurück an meinen Schreibtisch kam, war der Handybildschirm dunkel. Kein aktives Telefonat mehr? Ich entsperrte das Handy, da leuchtete Jans Name auf. Es ging zu schnell, um darüber nachzudenken. Ich wollte Jans Anruf nicht verpassen und nahm ihn entgegen.

»Hi, meine Liebe. Ich wollte nur fragen, ob ich nach der Arbeit zu dir kommen soll oder ob du was anderes vorhast.«

Ich schaute kurz in meinen Kalender. Eigentlich wusste ich, dass heute nichts mehr geplant war, aber manchmal vergaß man ja ein paar Dinge. »Nö, steht nichts an. Du kannst rüberkommen. Oder ich komme einfach zu dir. Muss mal hier raus aus der Bude.«

Jan schlug vor: »Wir können einen Abendspaziergang machen. Ich mach uns was Warmes zu trinken, das nehmen wir mit.«

Manchmal konnte ich mein Glück kaum fassen. Jan war so romantisch und fürsorglich, und selbst wenn er etwas Ruhiges, ‚*Erwachsenes*' plante, war es nicht nur zuhause sitzen und abwarten, ob etwas Schlimmes passierte. Selbst die spießigsten Unternehmungen mit Jan waren unterhaltsam und aktiv.

»Gerne«, sagte ich und meine Stimme klang dabei noch sanfter, als sie es ohnehin schon war, »Ich hätte dann aber eine Bitte. Kannst du dir mal mein Handy anschauen? Es werden ständig Anrufe aus dem Nichts unterbrochen.«

Jan antwortete zögernd: »Du weißt, ich bin kein Technikexperte. Ich kann es mir aber mal ansehen, oder Tom guckt drüber.« Tom war einer seiner besten Freunde und ein absoluter Techniknerd.

Wir verabredeten uns für sieben Uhr bei Jan, und ich fragte ihn, warum er für so eine Frage anrief und nicht wie jeder Mensch heute WhatsApp nutzte. Er sagte, er würde gern meine Stimme hören und wollte jetzt direkt Bescheid wissen, damit er sich auf seinen Abend freuen kann. Er konnte so süß sein.

Als ich ein paar Stunden später vor Jans Tür stand, hatte ich den Messekatalog gerade noch so fertigbekommen. Das war das Wichtigste für heute, alles andere konnte warten.

Noch bevor wir uns unseren heißen Kakao in die Thermobecher füllten, wollte Jan einen Blick auf mein Handy werfen. Er schaute in meine Vertragsdaten, startete das Gerät neu, suchte nach Viren oder Fehlermeldungen und klickte sich durch ein paar Einstellungen. Wir starteten außerdem einen Testanruf, doch der wurde natürlich nicht abgebrochen. Dafür war er womöglich zu kurz.

»Du könntest mal einen anderen Anbieter versuchen. Kann sein, dass deren Netz hier nicht so gut funktioniert.«

»Wäre möglich, aber mitten in Lübeck? Sind wir in Deutschland wirklich so weit hinterher?«

Jan zuckte mit den Schultern. »Du sagtest, du hast mit Georg telefoniert, und dann wurde abgebrochen?«

»Ja.«

»Georgs Name steht heute gar nicht in der Anrufliste.«

»Was?« Verdutzt nahm ich das Handy aus Jans Hand. Da war nur Jans Nummer, die von einem Kunden und eine unbekannte Rufnummer. Die Unbekannte, die musste es sein. »Vielleicht hat er aus dem Büro angerufen.«
»Hast du die nicht auch gespeichert?«
Doch, hatte ich. Zumindest die von Georgs Tisch.
»Vielleicht hat er ein anderes Telefon im Zimmer genutzt oder eins aus der Werkstatt oder aus dem Labor.«
Das war eine Möglichkeit, das konnte auch Jan nicht abstreiten. Er sah mich dennoch etwas skeptisch an. Ich rief die unbekannte Rufnummer an. Besetzt. Vielleicht hatte jemand nicht richtig aufgelegt. Oder der Verbindungsfehler war auf seiner Seite gewesen. Plötzlich zog Jan die Augenbrauen zusammen. »Warte mal«, meinte er, »diese unbekannte Nummer hat dich über zwei Stunden vor mir angerufen. Ihr habt über zwei Stunden gesprochen?«
Ich hob die Schultern, wie um zu sagen ‚*wäre schon möglich*'. Dann schüttelte Jan amüsiert den Kopf. »Du bist also doch eine größere Tratschtante, als ich gedacht hätte. Oder Georg ist es. So langsam finde ich, sollte ich ihn mal kennenlernen. Es ist genug Zeit vergangen, oder? Er war so ein wichtiger Teil deines Lebens, und bis auf zwei Fotos habe ich noch nichts von dem Mann gesehen.«
Ich druckste herum, denn darauf hatte ich eigentlich keine Lust. Ich wollte meine alte, kaputte Welt nicht mit der neuen, besseren durchmischen. Hier war ich in Sicherheit. Hier konnte ich auch mal gedanklich abschweifen. Ich musste nicht immer aufmerksam und hochangespannt sein. Jan war mein Neustart. Georg war das Symbol für

die alten Zeiten, aus denen ich so lange nicht herausgekommen war.

»Wenn du ihn dir nur ausgedacht hast oder irgendwas anderes nicht stimmt, dann musst du aber damit leben, dass ich die Story unseren Autoren vorschlage«, sagte Jan lachend und hielt sich wohl für den größten Scherzbold. Normalerweise redeten wir sehr offen über alles, was passiert war und konnten daher auch mal Scherze machen. Aber diese Reaktion hinterließ ein mulmiges Gefühl.

Zwanzig Minuten später spazierten wir durch einen Park mit einem kleinen Bach. Die Sonne war heute Mittag stark und warm gewesen, inzwischen war von ihr nichts mehr zu spüren. Meine Hände wärmte ich an dem Kakao, den Jan für mich gemacht hatte. Er hatte sogar extra Sahne obendrauf gepackt. Das war mir eigentlich zu viel. Aber ich hatte heute das Mittagessen übersprungen, wegen dem Telefonat, von daher war es kein Drama. Ein Eichhörnchen rannte rechts von uns einen Baum hoch. In seinen vollen Backen hatte es sicher gleich mehrere Nüsse versteckt.

Eine Weile verging wieder schweigend und wieder war es nicht unangenehm. Jan hielt meine freie Hand. Ein Jogger kam uns entgegen. Ich machte mir eine gedankliche Notiz, dass ich morgen auch wieder joggen gehen wollte. Irgendwann fragte Jan neugierig, aber nicht bedrängend: »Wie war es bei der Therapie?«

»Nach wie vor gut. Viel erzählen will ich aber nicht, bis ich es für mich selbst verarbeitet habe.«

»Ich hoffe, das kommt nicht falsch herüber. Aber ich finde es immer sehr interessant, was du erzählst und was du da lernst.«

»Das kann ich mir vorstellen, finde ich nämlich auch. Ich wette auch, dass du durch mich einiges Neues über die menschliche Psyche gelernt hast. Was wusstest du denn noch nicht, bevor du mich kennengelernt hast?«

Er überlegte eine Weile, dann sagte er: »Was ich durch dich über die Psyche neu gelernt habe, ist, dass die meisten Menschen bei solchen Erlebnissen einer Sucht verfallen würden. Nicht aber du. Deine Psyche ist stärker und hat anscheinend ihre eigenen Mechanismen.«

Naja. Also ... es gab da schon eine. Sie gab mir Kontrolle, wo sonst alles aus den Fugen geriet. Doch das Thema war mir unangenehm.

»Das ist nicht wirklich eine Erkenntnis, eher eine Frage«, stellte ich fest.

Er stimmte zögernd zu: »Ja, die Frage ist eher: Wieso? Warum hast du dich nie betäuben wollen?«

»Weil das absoluter Wahnsinn gewesen wäre. Dann hätte ich ja noch weniger Kontrolle gehabt.«

»Das stimmt zwar, aber Süchte sind ja nicht rational. Du wolltest dich nie ablenken oder in andere Welten schießen? Kein Eskapismus, gar nichts?«

»Das war mir selbst nie so bewusst«, bemerkte ich. Wie aufs Stichwort kam uns ein betrunkener und leicht verwirrt scheinender Mann entgegen. Er schimpfte vor sich hin, ärgerte sich über die Menschheit im Allgemeinen. Dabei benutzte er eines der Wörter, die ich Georg damals an den Kopf geworfen hatte. Kaum hörte ich es, wurde mir schwindelig und der Feldweg unter mir bedrohlich weich. Es machte ‚klatsch‘, Kakao spritzte auf meine Hose. Das registrierte ich nur, weil ich die feuchte Wärme an meinem Bein spürte. Das Nächste, was ich wahrnahm, war raue Rinde unter meinen Fingernägeln. Ich krallte mich also an einem Baum fest, gut zu wissen. Er gab mir wohl Halt. Eine einzelne Träne lief mir über das Gesicht. Ich konnte dieses Wort nicht mehr hören. Seit ich es zu Georg gesagt und es augenblicklich bereut hatte.

2. Kapitel

Jan lag bewegungslos neben mir. Sein Atem ging tief und gleichmäßig. Wovon er wohl träumte? Träumte er überhaupt? Ich lag wach. Die Szenerie um mich herum war ungewohnt für einen Dienstag, meistens schlief ich nur an Wochenenden hier. Aber das war es nicht. Das war nicht der Grund, aus dem ich wach lag. Was mich wach hielt, war, dass mir unser Kennenlernen wieder lebhaft vor Augen schwebte. Mit *unser* meinte ich die erste Begegnung zwischen Georg und mir.

Damals war ich gerade noch achtzehn Jahre alt, mein neunzehnter Geburtstag stand vor der Tür. Offiziell war ich noch mit meinem ersten Freund Hannes zusammen. Das war aber schon länger keine richtige Beziehung mehr. Ich schaffte es nur nicht, Schluss zu machen. Ich hatte panische Angst, als die Böse dazustehen – worüber ich heute, nach all den Jahren, nur noch schmunzeln kann. So sehr ich damals auch überlegte, es gab nämlich keinen wirklichen *Grund*, Hannes zu verlassen. Weder betrog er mich, noch log er mich an oder behandelte mich schlecht. Nicht so richtig. Das ärgerte mich, denn dann wäre es leichter gewesen.

Das Problem war einfach, dass unsere Beziehung extrem einseitig war. Ich gab viel, er nahm fast nur. Er gab oft den Ton an, ich machte mit. Dabei war er jünger und unreif, ich war die Erwachsenere von uns beiden. Das machte so keinen Spaß, und irgendwann begriff ich, dass es nicht die wahre Liebe war. Aber ich wollte eben nicht diejenige sein, die kompliziert und anspruchsvoll ist und die grundlos ihren coolen, starken, beliebten Freund verlässt. Hatte er das wirklich verdient? Hätte ich mir nicht auch mehr Mühe geben können?

Vieles sprach dagegen, mich von Hannes zu trennen. Doch als Georg kam, gab es keine andere Option mehr. Mir war es das wert, damals, denn es war Liebe auf den ersten Blick.

←

Es ist der letzte Sommer vor meinem Abitur. In den Wochen zuvor hat es viel geregnet. Doch jetzt genießen wir einen Hochsommer, wie er im Buche steht. Die Fußballweltmeisterschaft ist gerade vorüber, das ganze Land schwelgt noch in Partystimmung. Ich freue mich unglaublich auf das Trainingslager mit dem Volleyballteam. Eine Woche nur die Mädels und ich, unser Sport, keine Eltern, kein Hannes! Niemand, der mir ausreden kann, meine Zeit in diesen Sport zu investieren. Weil es ja schon längst zu spät sei, richtig gut darin zu werden. Oder weil die Outfits so knapp seien. Oder weil ich schon so viele andere Hobbys habe. Alles dummes Geschwätz. Ich freue mich einfach. Wir sind vierzehn junge Frauen. Alle zwischen achtzehn und zwanzig Jahre alt. Manche machen gerade ihr Abitur, andere sind schon fertig, studieren oder arbeiten schon. Die Welt steht uns offen, zumal das Handy und das Internet gerade ihren Durchbruch erleben. Die meisten von uns stürzen sich zu dieser Zeit in wilde Dating-Abenteuer. Inmitten dieses traumhaften Sommers fahren wir für eine Woche in ein Sportcamp in die Nähe von Leipzig. Es ist wie eine Klassenfahrt für junge Erwachsene. Die Atmosphäre ist einmalig.

Wir kommen am frühen Abend an und werden auf unsere Zimmer verteilt. Ich teile mir mit den drei besten Mannschaftskolleginnen aller Zeiten ein Schlafzimmer. Als uns aufgeschlossen wird, schnappe ich mir sofort das untere Bett am Fenster. Von dort aus kann ich nach draußen in den Garten sehen. Er sieht so frisch und grün aus. Yasmin, Ellie und Louise verteilen sich auf die anderen Betten, während ich wie verzaubert aus dem Fenster sehe. Sonnenstrahlen fallen mir ins Gesicht, Staub tanzt vor meiner Nase. Wir packen unsere Sachen aus. Natürlich fällt den anderen auf, dass ich viel schneller fertig bin als sie und dass es bei mir viel weniger bunt zugeht. Ich habe kaum Make-up dabei, kaum Accessoires und erst recht keine extra Kleidung für den Abend. Stattdessen habe ich sportliche Sachen eingepackt und ein paar ältere, noch leicht kindlich wirkende Teile. Ich habe nur zwei Paar Sportschuhe mitgenommen, und Ellie fragt mich, während sie Sandalen aller Couleur aus ihrem Koffer kramt: »Clara, hattest du keine Zeit zum Packen, oder was?«

Ich antworte mit einem beiläufigen Schnauben: »Doch, aber wir sind hier ja nicht im Strandurlaub. Wir machen Sport und Pyjamapartys. Was habt Ihr denn erwartet?«

»Entschuldige mal, dir ist wohl entgangen, dass hier auch ein Basketball- und ein Fußballplatz sind und sogar ein Schwimmbad? Wir sind nicht die einzigen Gäste hier, Madame.«

Nein, das ist mir nicht entgangen und ist sogar der Grund, weswegen ich die sexy Sachen zuhause gelassen habe. Vor Ellie spiele ich die verpeilte treue Freundin. »Daran habe ich wohl gar nicht gedacht. Naja, ich habe eh einen Freund. Also warum sollte mich das interessieren?«

Richtig, Clara, warum interessiert es dich?

Ich denke viel zu viel über diese Gelegenheiten nach und muss deswegen absichtlich langweilig aussehen. Um erst gar nicht auf dumme Gedanken zu kommen. Die Verlockung ist zu groß, so weit weg von Hannes und seinem Ego. Zum Glück fragen meine Freundinnen nicht weiter nach.

Als alle fertig sind mit Auspacken, beeilen wir uns, um in der Cafeteria noch etwas zu essen zu bekommen. Da sind tatsächlich viele verschiedene Mannschaften unterwegs, unter ihnen auch ein paar durchaus attraktive junge Männer. Mit meinem langweiligen Zopf, der Adidas-Hose, dem T-Shirt aus dem Italienurlaub und ohne Schminke gehe ich aber zum Glück in der Masse unter. Niemand versucht, Augenkontakt aufzubauen. Bisher läuft also alles nach Plan.

Nach dem überraschend hochwertigen Essen steht noch eine Teambesprechung an. Unsere Trainerin drückt jeder von uns einen Zeitplan in die Hand. Jana, so heißt sie, verrät uns, dass wir ab morgen einen Gasttrainer dabei haben werden. Er hat mit seinem Team schon wichtige Preise gewonnen und ist oft Schiedsrichter bei Turnieren. Nach dem, was Jana uns von seiner Karriere erzählt, muss der Typ um die dreißig Jahre alt sein.

»Oh, da kommt also ein großer, starker, alter Mann und trainiert uns jugendliche Mädels?«, fragt Ellie neckisch. Louise, die ein Faible für ältere Typen hat, protestiert: »Dreißig ist nicht so alt, und wir sind gar nicht mehr jugendlich.«

»Auf Englisch schon?«

Louise stehen Fragezeichen im Gesicht.

»TEENager. Die meisten von uns sind achtzehn oder neunzehn.«

»Ja, aber erwachsen sind wir trotzdem.«

Jana zischt, wir sollen alle ruhig sein. Dann fügt sie hinzu: »Ihr wisst, dass ich selbst schon einunddreißig bin? Also bin ich eurer Meinung nach bitte was?«

Sofort ist Ellie stumm. In sich hinein kichert sie trotzdem weiter. Mich interessiert es nicht, wie alt der Kerl ist. Ich hoffe bloß, dass er unattraktiv ist. Damit ich mich zu hundert Prozent auf das Training konzentrieren kann. Dafür bin ich doch hier, und um Zeit mit meinen Mädels zu verbringen. Oder? Wie aufs Stichwort stößt eine Gruppe Jungs mit einem Basketball die Tür zu unserem Besprechungsraum auf. »Upps, da haben wir uns wohl in der Tür geirrt«, sagt der, der vorne steht und den Ball in der Hand hält. Mit den schwarzen halblangen Haaren, den stechenden Augen und seinem ganzen Auftreten könnte er einem High-School-Film entsprungen sein. Er ist dieser sportliche, hübsche, unantastbare Junge, der am Ende ein Herz aus Gold beweist und sich in die graue Maus verliebt. Aber ich bin keine graue Maus, jedenfalls normalerweise nicht. Ich bin eigentlich ziemlich ... orientierungslos. Als ich mich umsehe, ist meine gesamte Mannschaft verschwunden. War ich so in meinen Träumen versunken, dass ich gar nicht gemerkt habe, dass alle aufgestanden und gegangen sind? Der Teenieschwarm ist auch schon wieder weg. Ich schüttele den Kopf, um ihn wieder klar zu bekommen. Ein bisschen muss ich schon über mich selbst schmunzeln und fühle mich auch plötzlich wie in so einem Film. Love Interest A, der schon zu Beginn des Films mit der Protagonistin zusammen ist, ist einfach nicht das Wahre. Jetzt beginnt das Rennen um die echte Liebe. Doch wo hat sie sich versteckt? Ob ich das Beste aus meinen hässlichen Klamotten herauskramen und ihn doch mal ansprechen sollte? Wir könnten ja zusammen trainieren, ganz unverbindlich. Ich habe ihn nur wenige Sekunden gesehen und träume schon wieder von seinem Blick. Es gibt so hübsche Männer da draußen ... Wo ist jetzt nochmal mein Zimmer?

Zum Glück hängt ein Raumplan an der Wand. Die Nummer habe ich mir gemerkt, und kurz darauf stehe ich in Raum 205. Ich erwarte, dass die anderen mich auslachen, weil ich im Besprechungsraum sitzengeblieben bin. Sie sitzen aber längst um ein Magazin herum und lesen sich die Fotolovestory vor. Dabei lachen sie sich kaputt. Logisch, in unserem Alter nimmt das niemand mehr ernst.

Yasmin, die sonst die Zurückhaltende ist, lacht am lautesten. Das kann daran liegen, dass sie mal eine ähnliche

Geschichte in echt erlebt hat und sich jetzt durch den Kakao gezogen fühlt.

Ich ziehe mir einen Stuhl heran und setze mich zu den anderen an Ellies Bett. Die unterbricht ihren Lesefluss: »Jetzt musst du aber mal genauer erzählen, Yasmin! Wie war das damals bei dir und Matteo? Habt ihr euch echt auf einer Farm im Schweinestall kennengelernt?«

»Fast. Wie in der Story haben wir beide Urlaub auf dem Bauernhof gemacht. Aber nein, wir haben uns nicht beim Schweinemist Wegschaufeln kennengelernt, sondern an der Pferdekoppel.«

»Das wäre dann eher eine Lovestory für die Wendy«, stellt Louise fest. Sie lackiert sich derweil die Nägel schwarz.

Ellie, die Neugierige, will mehr wissen: »War es Liebe auf den ersten Blick?«

»Nein, ich habe erst bei der Abreise gemerkt, dass ich ihn interessant fand. Dann haben wir unsere Nummern ausgetauscht, aber er wohnt zu weit weg. Das wurde nix.«

Ellie nickt, ein wenig mitleidig. Dann dreht sie sich zu Louise, die jetzt ihren Kajal abschminkt. »Und du? Du tust immer so offen und verrätst dann doch nichts über dein Liebesleben. Läuft da was?«

»Du bist doch diejenige, die keine Lust hat, mit auf die Konzerte zu kommen«, antwortet Louise, ohne Ellie anzusehen. »Wenn du dabei wärst, hättest du Jakob längst kennengelernt.«

Yasmin erinnert sich: »Du wolltest uns doch noch einen seiner Songs zeigen, oder?« Louise zögert nicht. Sofort schaltet sie ihren iPod ein und gibt Yasmin einen der Kopfhörer. Ellie nimmt den anderen, als sie sich zu mir dreht: »Clara, du bist gerade so still. Funkstille in deinem Liebesleben? Was ist mit Hannes?«

Alles super? Sollte ich das sagen?

Nein. Wozu?

Eine bessere Gelegenheit als genau solche Abende gibt es nicht für genau solche Gespräche. Ich rücke mit der Sprache heraus. Dass Hannes nach außen ein so toller junger Mann ist, aber die Beziehung mit ihm nicht viel Substanz hat. Bis auf extreme gemeinsame Trainingssessions und den gelegentlichen Streit ist bei ihm und mir gar nichts intensiv. In Ansätzen habe ich den Mädels gegenüber den einen oder anderen Streit erwähnt. So offen wie heute war ich aber nie. Es fühlte sich gut an. Das ist einer dieser Tage, an denen ich merke, wie heilsam offene Gespräche sein können. Man führt sie generell viel zu selten.

Louise hat das Lied längst pausiert. Alle drei sehen sie mich an, lauschen gespannt. Ellie ist schlau. Sie kann am Ende eins und eins zusammenzählen: »Deswegen hast du nur Schrottklamotten dabei. Du hast Angst, dir hier jemanden zu angeln, obwohl du noch nicht Schluss gemacht hast.«

Ich verspüre nicht das Bedürfnis zu protestieren, obwohl ihre Aussage so absolut ist. Es steht also fest, dass ich Schluss machen werde. Yasmins Blick ist fast mitleidig. Louise fragt nur: »Warum noch nicht?«

Ich muss selbst nachdenken. »Weiß nicht. Weil Schluss machen nie schön ist?« Ich mache eine Pause und sehe zustimmendes Nicken. »Dir liegt ja was an dem Menschen, und du wünschst dir, dass es besser laufen würde. Außerdem hat er mir ja nichts getan. Da ist nichts, was unsere Beziehung kaputt gemacht hätte. Sie war einfach nie so richtig da, verstehst du? Ich habe keinen Anhaltspunkt und sehe jetzt schon vor mir, wie er es nicht nachvollziehen kann und es deswegen nicht akzeptiert, und dann wird es eine Diskussion, bei der ich keine Argumente habe. Klingt das halbwegs nachvollziehbar?«

»Ergibt auf schräge Art Sinn«, stellt Louise fest, »und ich bin ja eh der Meinung, Jungs in unserem Alter sind für ernsthafte Beziehungen selten geeignet.«

Ein paar Minuten lang herrscht Stille. Weil klar ist, was zu tun ist. Dann schaltet Louise ihren iPod wieder ein, und die anderen beiden können endlich das Lied von ihrem Jakob hören. Danach bin ich an der Reihe. Der Song ist düster und rau, nichts für meinen Geschmack. In diesem Moment aber ist es eine kleine Kampfansage oder wie ein Tritt in den Arsch. Ich muss es wagen, früher oder später. Ansonsten bleibt nur zu hoffen, dass Hannes von selbst reifer wird. Oder erkennt, was er an mir hat. Oder ... nein. Nein? Ich bin mir immer noch unsicher, was richtig ist.

Der nächste Morgen beginnt früh, ganz so wie Jana uns gewarnt hat. Schon um halb acht joggen wir, erst über die Anlage, dann durch den Wald. Der Tag wird extrem heiß werden, das ist jetzt schon zu spüren. Das Zwitschern der Vögel im Wald ist laut und aufgeregt, doch je wärmer es wird, desto stummer werden sie. Wir kommen an einem Feld vorbei und hören dieses typische Surren des Sommers. Sind das die Grillen, die Fliegen oder die Hochspannungsleitung, die majestätisch über uns verläuft? Louise legt voll los und zieht an mir vorüber. Ich staune über ihren perfekten Körper in der schwarzen, engen Kleidung. Auch ich bin gut in Form, habe aber nicht so geformte Muskeln oder Kurven. Im Vergleich zu ihr bin ich eher dürr und formlos. Louise läuft außerdem viel weniger Schweiß übers Gesicht. Wie schafft sie das nur? Mein nächster sarkastischer Gedanke ist: Na, zum Glück sehe ich nicht so aus, dann achten die Jungs hier immerhin mehr auf sie und nicht auf mich. Insgeheim weiß ich, dass ich mich mehr darüber ärgere als freue. Wie aufs Stichwort, mal wieder, kommt mir ein makellos aussehender Typ entgegen, sobald wir zurück ins Trainingslager einbiegen. Er muss ein paar Jahre älter sein als wir, trägt seine langen braunen Locken zum Pferdeschwanz gebunden und mustert jede einzelne von uns kurz. Sein Blick ist weder skeptisch noch anzüglich, mehr so, als würde er uns zählen oder sich unsere Gesichter merken wollen. Kann es sein, dass er – ich werde in meinem Gedanken unterbrochen. Jana kommt mir zuvor. Sie war vorneweg gelaufen, um uns den Weg zu zeigen. Jetzt wartet sie direkt neben diesem Typen, bis wir alle angekommen sind. Eine Volleyballspielerin nach der anderen kommt hechelnd zum Stehen. Sofort machen ein paar von uns Stretchübungen, während die anderen den Schatten suchen. Mein Blick bleibt an dem schönen Mann hängen, der jetzt Jana den Arm um die Schultern legt. Die beiden kennen sich? Klar, es passt. Sie sind etwa im gleichen Alter, trainieren den gleichen Sport, bestimmt verstehen sie sich super. In mir steigt ein Gefühl hoch, das ich bis dahin kaum gekannt habe: Eifersucht.

→

Ein Geräusch weckte mich. Ich konnte nicht sagen, an wie viel von meinem magischen Sommer ich noch im Wachzustand gedacht hatte und wie viel in meinen Traum übergegangen war. Aber jetzt lag ich wieder hellwach neben Jan. Der Sommer und das Volleyballcamp waren verschwunden. Statt Sand und Gras unter den Turnschuhen fühlte ich Baumwollbettwäsche überall um mich herum. Und es war so dunkel. Etwas daran fühlte sich falsch an. So nüchtern und langweilig real.

Obwohl ich genau wusste, was danach passiert war, trauerte ich manchmal meinem Sommermärchen nach. Wenn es nach mir gegangen wäre, wäre auch das Kennenlernen von Jan märchenhafter abgelaufen. Ich hätte mir eine Geschichte dieser Art gewünscht:

Da war ich, eingeschlossen in einer Festung und bewacht von mächtigen Drachen. Mir gegenüber traten die Drachen freundlich auf und waren es meistens auch. Sie waren wie meine Familie. Das änderte aber nichts daran, dass sie mich in dieser kalten, einsamen Burg festhielten. Einer der Drachen spuckte ständig unkontrolliert Feuer, und ausgerechnet auf den sollte ich aufpassen. Dabei hatte man mir ursprünglich einen Prinzen versprochen.

Jeden Tag sah ich aus dem Fenster des Burgturms, wie die Sonne aufging und hoffte jedes Mal, dass ein Ritter auf einem weißen Ross auf mich zureiten und die Drachen vertreiben würde. Er sollte sie nicht einmal töten. Ich wollte einfach nur wieder raus, auf die Wiese, frei und sorglos über die Felder laufen. Jan hätte dieser Ritter sein können.

Stattdessen sagte ich den Drachen, ich sei schwer krank und müsste dringend ein Heilmittel im Wald finden. Sie wollten ja, dass ich lebte, also ließen sie mich gehen. Wahrscheinlich dachten sie, ich käme da draußen eh nicht zurecht und wäre bald wieder zurück. Immerhin waren sie es, die mich täglich mit Nahrung versorgten, mir Wärme spendeten und mir ihre Zeit und ihren Schutz widmeten. Aber als ich weit genug weg war, rannte ich und sah nicht mehr zurück. Zum ersten Mal war ich allein. Den Ritter traf ich dann erst später, als ich in der Stadt neue Arbeit gefunden hatte. Da war die Gefahr längst vorüber, und er zog unbedacht mit mir durch die Tavernen.

Jan schaltete ritterlich den Wecker aus. Er murrte kurz vor sich hin. Für ihn würde das heute ein langer Tag voller Meetings werden, für mich hoffentlich ein produktiverer Tag als gestern. Aber ich musste jetzt allein sein. Also gab ich ihm einen flüchtigen Kuss, schnappte mir ein paar Nüsse aus seiner Küche und verschwand. Jan war überrascht, aber ich merkte ihm auch ein wenig Dankbarkeit an, denn wenn ich noch im Bett lag, fiel ihm das Aufstehen schwerer. Das Letzte, was ich hörte, war, wie er die Badezimmertür schloss und die Dusche aufdrehte. Vor der Tür wünschte ich mir, ich wäre nicht mit dem Auto hergekommen. Heimlaufen hätte jetzt sicher gutgetan. Andererseits waren es mehrere Kilometer. Ich entschloss mich also für einen Spaziergang später in der Mittagspause. Als diese kam, nahm ich meine Kopfhörer und schaltete meine Deutschpop-Playlist ein. Louise würde mich auslachen für meinen Musikgeschmack. Ich aber brauchte die sanften Worte von Tim Bendzko und Co., um zu entspannen. Kaum steckten die Kopfhörer im Ohr, war ich gedanklich zurück im Sommercamp.

←

Dieser große Mann mit den braunen Locken steht wieder vor mir. Ein paar seiner Strähnen leuchten hell in der stärker werdenden Sonne. Den Arm nimmt er wieder von Jana herunter und begrüßt uns. Sein Lächeln ist so warm. Stolz und aufrecht steht er vor uns. Dann verschränkt er die Arme und grinst uns an. Da ist es vorbei. Ich bin auf einem anderen Planeten.

Ich habe mir noch selten bei einer Trainingseinheit so viel Mühe gegeben. Das steht fest! Sogar Louise kommt ins Schwitzen, als sie mit mir mithalten will. Sie hat keine Chance, unser Team gewinnt das Trainingsmatch haushoch! Zwei der härtesten Treffer habe ich gelandet. Als Georg uns lobt, stammle ich nur unsinnigen Mist daher. Dann zeigt er uns neue Wurf- und Schlagtechniken. Sie sind Gold wert. Er macht uns jede Übung vor – und sieht dabei perfekt aus.

Oh verdammt.

Ich vergrabe das Gesicht in meinen Händen, als ich es im Spiegel sehe. Meine Haare hängen schlaff herunter und kleben überall. Meine Haut ist rot, glänzend und unrein. Nichts davon kann ich unter Make-up verbergen, denn ich habe ja keins dabei. Da ist sogar Sonnenbrand auf meiner Nase. Mein Shirt ist zwei Nuancen dunkler vor lauter Schweiß. Ich stinke furchtbar, aber das Duschgel meiner

Eltern wird da kaum helfen: so ein neutrales Bio-Zeug, sicher gut in der Qualität, aber komplett ohne eigenen Duft. Heute Abend ist Filmabend – ich bin verloren.

»Ellie ...?« Ich höre mich an, als müsste ich zugeben, dass ich ihre Lieblings-CD zerbrochen habe.

Ellie grinst mich breit an. Sie hat meine Blicke und mein Verhalten längst bemerkt und korrekt interpretiert. Ohne dass ich fragen muss, zählt sie auf, was sie alles dabei hat: »Ich habe Duschgel, Shampoo, Deo, Ersatzrasierer, einen Rock, der dir passen müsste und ein schönes Top. Keine Panik auf der Titanic, ist alles da. Ich habe auch meine Schminktasche dabei, Haarbänder, Lipgloss, Klammern in Metallic, alles, was du möchtest.«

Ich muss über ihren Scharfsinn lachen, während Yasmin schon mit ihrer Bürste und einem Handspiegel angetänzelt kommt. Das ist sie, die Makeover-Szene in unserem kleinen Teeniefilm. Louise drückt mir ihren Nagellack in die Hand. Außer Schwarz hat sie noch Hellrot dabei. Das passt besser zu meinem Style und meiner Art. Ellie reißt das Fenster auf, und Musik kommt von draußen herein, von einer Tanzgruppe, die auch hier trainiert. Es fehlen nur noch die magischen Tiere, die mir ein verzaubertes Kleid bringen.

Georg scheint die Kreation meiner Freundinnen zu gefallen. Er strahlt, als er mich sieht. Und ich strahle auch. Für die Frisur bekomme ich sogar ein kleines Kompliment. Vielleicht ahnt er schon was. Insgeheim frage ich mich, ob ich mich bei dem heutigen Filmabend neben ihn setzen soll.

Wir sitzen tatsächlich nebeneinander, und ich muss gestehen, dass ich mich kaum an den Film erinnern kann. Ich denke nur an den Mann neben mir. Zum Glück will er danach nicht den Film analysieren, sondern über andere Sachen sprechen. Er fragt, was ich nach der Schule machen will und wovon ich träume. Wir sprechen über unsere Lieblingsreiseziele, unsere Familien und buchstäblich über das Universum. Georg ist so viel feinfühliger als Hannes. Das weiß ich schon nach diesen paar Stunden.

Die Woche vergeht wie im Flug, und am letzten Abend feiern wir in meinen Geburtstag hinein. Bis dahin bin ich größtenteils mit meiner eigenen Kleidung ausgekommen. Nur das Zubehör habe ich von den anderen mitbenutzt. Mit schön frisierten Haaren, etwas Wimperntusche und Parfüm fühlt sich die Sportkleidung schon ganz anders an. Aber an diesem letzten, besonderen Tag muss noch einmal das Beste aus mir herausgeholt werden. Keine Ahnung, warum Yasmin ein Kleid mit Spitze eingepackt hat, doch ich nehme es gern. Von Louise bekomme ich schwarz-silbernen Schmuck und von Ellie ein paar Schuhe. In diesem wunderschönen Outfit bin ich bereit für den Abend in der Bar, die Georg uns empfohlen hat. Er ist nicht nur unser Trainer, sondern auch unser ortskundiger Gästeführer.

Ich setze mich zu ihm ins Auto. Erst jetzt, als er uns so viel über die Umgebung erzählen kann, realisiere ich mit voller Wucht, wie weit wir auseinanderleben. Er kommt von hier, aus Leipzig. Ich wohne noch immer bei Berlin. Während Georg uns in den Sonnenuntergang hineinfährt, krame ich in meiner Umhängetasche herum, finde etwas darin und komme auf eine Idee. Es ist kindisch, würde mich eher als verpeilt darstellen, aber es könnte funktionieren ...

Während Georg nun damit beschäftigt ist, einen freien Parkplatz zu finden, ziehe ich meine Trinkflasche fürs Training aus der Tasche. Unauffällig lasse ich sie ins Seitenfach gleiten. Sie passt perfekt, bewegt sich nicht und verursacht also auch keine Geräusche. Nicht einmal Louise und Yasmin auf der Rückbank bemerken es. Sie sind mit ihren eigenen Gesprächsthemen beschäftigt.

Wir kommen an und betreten die Bar. Die Einrichtung sieht edler aus, als wir alle erwartet haben. Georg ist sichtlich stolz auf seine Empfehlung, sogar Jana scheint beeindruckt. Georg und ich bestellen Cocktails und sehen uns beim Anstoßen tief in die Augen, vielleicht etwas zu tief.

Punkt Mitternacht stehe ich im Mittelpunkt der Aufmerksamkeit. Ellie lässt es sich nicht nehmen, gegen ihr Glas zu klopfen und einen unbeholfenen Toast auf mich auszusprechen. Dann ist das große Gratulieren dran. Georg nimmt mich in den Arm. Seine Umarmung ist lang und innig und das schönste Gefühl aller Zeiten. Die anderen warten, keine sagt was. Inzwischen wissen fast alle, was Sache ist. Ich müsste gerührt sein, dass keine von ihnen mich verurteilt. Im Gegenteil, sie scheinen sich für mich zu freuen.

Als alle müde sind und der Barkeeper »letzte Runde« ruft, organisiert Georg uns ein Taxi. Sein Auto will er stehenlassen und am nächsten Morgen holen. Wie vernünftig er mir deswegen vorkommt. Er telefoniert kurz mit dem

Taxiunternehmen, dann lässt er sein Handy sinken. Ich nutze die Gelegenheit, um nach seiner Nummer zu fragen. Es ist die letzte Chance, bevor wir uns vielleicht nie wiedersehen. Georg murmelt etwas von »ich dachte, du fragst nie«, während er sie eintippt und sich selbst als »der Typ vom Sommercamp« abspeichert. Ich weiß schon jetzt, dass er mehr als ein flüchtiger Sommerflirt ist.

Die Abreise am nächsten Tag ist schmerzhaft. Was, wenn es doch nur bei diesem Sommerflirt bleibt? Zwei Stunden fahren wir auf der Autobahn, und meine Gedanken flattern hinterher. Ich fühle mich so schlecht und gleichzeitig so gut wie nie.

Kaum bin ich zuhause angekommen, muss ich schon wieder ins Auto. Dieses Mal aber nur kurz. Ich soll Hannes zum Flughafen bringen. Das ist gut so, denn das heißt, wir müssen nicht viel Zeit miteinander verbringen. Wir reden nicht viel, nur über Organisatorisches. Kurz hoffe ich, Hannes könnte sich doch für meine Woche im Trainingscamp interessieren und mich mit Fragen durchlöchern. Aber es juckt ihn kein bisschen.

»Hat es dir gefallen?«
»Ja.«
»Schön.«
Das ist alles. Hannes erzählt lieber von den stinknormalen Männerabenden der letzten Woche und von der Sportschau. Irgendwas mit Fußball. Dann erwähnt er, dass sein Kumpel ein Date hatte. Das sei aber mies gelaufen. Kurz vorm Aussteigen fragt er mich noch, ob ich seinen Müll

rausbringen könne. Das habe er vergessen, seine Eltern seien gerade auch nicht da und sollten nicht in eine schimmelige Wohnung zurückkommen.

»Ich denke mal, du hattest Spaß mit deinem Team«, ist dann doch noch sein letzter Satz, als er seinen Koffer nimmt und mir einen kurzen Schmatzer auf die Wange drückt. Das war's, er verschwindet durch die automatische Milchglastür.

Ein Teil von mir ist erleichtert, dass er mich nicht mit Fragen zu meiner Woche durchlöchert hat. Ein anderer ist aufs Übelste enttäuscht. Der dritte Teil ist sich sicher: Das ist das Beste, was passieren konnte. Denn jetzt habe ich allen Grund, mich wieder bei Georg zu melden und bei meinen Freundinnen! Mit denen will ich heute noch feiern gehen, weil – oh, stimmt ja. Ich habe heute Geburtstag … Hat Hannes mir überhaupt gratuliert? Ja, doch. Er hat mich am Morgen kurz vor der Abfahrt angerufen. Jetzt, hier zuhause, hat er kein Wort darüber verloren. Ein Geschenk hatte er auch nicht. In einem Nebensatz hat er erwähnt, dass ich es nach dem Urlaub bekäme. Da sei mehr Zeit zum Auspacken. Ich frage mich, ob er sich überhaupt schon eins überlegt hat oder nur Zeit schinden will. Wie auch immer. Gedanklich bin ich schon längst bei der Party heute Abend. Dann werde ich mit meiner Zwillingsschwester, meiner Nachbarin, zwei Schulfreundinnen und nochmal mit meiner Volleyball-Zimmer-Gang die Clubs unsicher machen.

Als ich vom Flughafen zurück bin, entdecke ich eine Weinflasche auf dem Küchentisch. Meine Mutter hat sie mir hingestellt, mit einer glitzernden Schleife umbunden.

Normalerweise tue ich das nicht. Heute ist es genau das Richtige. Ich schenke mir ein Glas ein und lege mich damit allein auf den Balkon. Hannes' Müll vergesse ich ganz *versehentlich*. Stattdessen ziehe ich mein Handy aus der Tasche. Meine erste SMS aus Balkonien geht an Georg. Ich schreibe ihm, dass ich gut angekommen bin und Hannes erfolgreich außer Landes gebracht habe. Dann schicke ich eine Reihe Smileys an Ellie und diesen einen Satz: »Ich glaube, ich werde es tun.«

Vom Abend im Club weiß ich rückblickend nicht mehr viel. Nicht weil ich so betrunken gewesen wäre, sondern weil ich umnebelt bin von meinem Gefühlschaos. Ich tanze mir die Seele aus dem Leib, verliere mich regelrecht in den Liedern und den Lichtern. In jeder kleinen Pause schreibe ich mit Georg. Meine Freundinnen sehen sich vielsagend an. Ich gebe ihnen daraufhin eine Runde aus. Als ich auf Toilette bin, entdecke ich eine einzelne Nachricht von Hannes. Mit wenigen Worten gibt er mir zu verstehen, dass er gut angekommen ist. Schön für ihn. Ihm antworte ich erst Stunden später. Erst genieße ich diesen Abend, der zu einem einzigen bunten Farbklecks aus Glitzer, Lachern und lauter Musik wird.

In der Woche, in der Hannes weg ist, verbrauche ich all mein Handyguthaben für Georg. Sogar Fotos schicken wir uns hin und her, was noch nicht alltäglich ist. Irgendwann fällt mir aus heiterem Himmel ein, dass ich ja meine Trinkflasche in seinem Auto vergessen habe. Die brauche ich unbedingt wieder, betone ich mehrfach. Ich glaube, da hat er den Braten schon gerochen. Aber das macht keinen Unterschied, denn auch er freut sich über jeden Grund, mich wiederzusehen, egal wie eingefädelt er ist.

Gerade komme ich vor Freude singend aus der Dusche, als es an der Tür klingelt. Ich öffne im Bademantel. Vor mir steht ein wütender Hannes. Eine Umarmung erwarte ich gar nicht, einen Kuss erst recht nicht. Vor allem, nachdem ich seinen dämlichen Müll vergessen habe. Viel schlimmer ist aber, dass ich ihn eigentlich hätte abholen sollen. Das habe ich wirklich vergessen. Es ist eindeutig Zeit für das Ende.

⟶

Jetzt stand Viola vor meiner Tür. Die schrille Klingel holte mich aus meinen Tagträumen zurück. Sie mussten den ganzen Nachmittag angedauert haben, inzwischen war es schon wieder am Dämmern. Ich konnte mich nicht erinnern, mit Viola verabredet zu sein. Deswegen war meine erste Reaktion genervt bis überfordert. Ihr Plan überzeugte mich dann aber sofort. Sie fragte nämlich, ob ich mit ihr Gassi gehen wollte. Ihr Hund, der aussah wie eine Kreuzung aus Cocker Spaniel und Labrador, hechelte mich an. Die meisten Menschen hätten gesagt: »Ich war heute schon lange draußen laufen, ich bleibe lieber drin.« Ich nicht, mir war das nur Recht. Bewegung und frische Luft konnte ich nie genug haben.

Der Hund lief brav neben uns her. Eigentlich müssten Viola und ich sofort in einen lockeren Gesprächsfluss kommen. Sie war immer voller Energie und hatte ständig was

Aufregendes zu erzählen. Heute war es anders. Sie wirkte bedrückt, nur langsam kamen wir ins Gespräch. Irgendwann brach es aus ihr heraus: »Haben wir irgendwas falsch gemacht in Hamburg? Oder ist was mit Jan passiert, während Ihr weg wart? Hattet Ihr Streit?«

Im ersten Moment war ich wie vor den Kopf gestoßen. Damit hatte ich niemals gerechnet. Dass ihr meine veränderte Stimmung aufgefallen war, war nicht allzu überraschend. Man merkte es mir an. Vielmehr fand ich es verblüffend, dass sie mir daraus keinen Vorwurf machte. Wie oft hatte ich in den letzten Jahren gehört: »Jetzt stell dich nicht so an«, oder: »Dir geht es doch gut; Georg ist der, der leidet«, oder auch: »Du bist echt anstrengend mit deinen Launen.«

Violas Reaktion war anders. Sie war besorgt. Es schien sie sogar ernsthaft zu interessieren, wie es mir ging.

Ich antwortete so, wie ich es mir angewöhnt hatte: »Ach, es war nichts. Ich war nur müde. War ein langer Tag.«

Keine Ahnung, warum ich sofort in alte Muster zurückfiel. Vielleicht weil ich die Beziehung mit Viola nicht beschweren wollte. Bei ihr wollte ich einmal nicht die Miesepetra sein. Konnten wir nicht wieder über unseren nächsten Urlaub, romantische Berghütten und die geplante Nachtwanderung durch den Schnee sprechen?

Zum Glück gab sich Viola mit meiner Antwort nicht zufrieden.

»Wenn es mich nichts angeht, ist das okay. Aber wenn ich irgendwas tun kann oder falsch gemacht habe, sag es mir lieber. Wenn wir wieder zusammen wegfahren wollen, darf unsere Beziehung nicht vorbelastet sein.«

Vorbelastet?

Ohne es zu beabsichtigen, hatte sie damit mitten ins Schwarze getroffen. Ich Idiot. Ich dachte, ich könnte mit noch mehr Geheimnissen eine Beziehung erleichtern. In Wahrheit kamen beim kleinsten *‚Ach, es ist nichts'* all meine Angstzustände hochgekrochen. Auch die Depression lauerte schon knurrend in ihrer Ecke. Wenn ich jetzt wieder von vorne begann und alles verleugnete, würde ich irgendwann wieder in der Klinik landen. Darauf konnte ich gut verzichten.

Also rückte ich mit der Sprache heraus. Ich gestand Viola in einer Kurzfassung meine Geschichte. Langsam begriff sie, warum Jans künstlerisch wertvolle Gasse in mir die blanke Panik ausgelöst hatte.

←

Im Jahr meines Schulabschlusses habe ich endlich die Trennung von Hannes hinter mich gebracht. Unser Gespräch ist gleichgültig verlaufen, fast entspannend. Es hätte mich nicht überraschen sollen. Hannes ist nur wütend, weil ich so feige war und nicht schon vorher mit ihm Schluss gemacht habe. Der Rest interessiert ihn wenig. Irgendwie scheint auch von ihm eine Last abzufallen. Als hätte er ähnliche Gedanken gehabt und sich auch nicht getraut, sie auszusprechen. Mir gegenüber sagt er, ich hätte eine miese Wahl getroffen. Mein neuer Typ sei zu alt für mich, wohne zu weit weg und könnte theoretisch bei jedem Turnier eine andere Spielerin abschleppen. Als ob ich mir darüber noch keine Gedanken gemacht hätte. Aber etwas in mir ist optimistisch. Wahrscheinlich ist es der Wahnsinn, der von der Liebe auf den ersten Blick geleitet wird.

Hannes schlägt die Tür zu und ich bin einfach nur froh, dass ich jetzt Georg schreiben kann. Ohne schlechtes Gewissen. Ich schaue auf mein Handy. Zum ersten Mal beginnt dort ein Satz mit »Hey, meine Süße ...«

Die Wochen vergehen, und Georg und ich schaffen es einfach nicht, uns wiederzusehen. Leipzig ist zu weit entfernt, um einfach mal vorbeizukommen. Entweder ist er arbeiten, beim Training oder auf Spielen. Ich muss viel lernen und habe auch meinen Verein. Es ist zum Verzweifeln. Ausgerechnet Jana und unsere bierernste Teamkapitänin Sophia sind unsere Rettung in der Not. Jana hat ein Trainingswochenende geplant, und Sophia lädt uns ein, alle zusammen bei ihr im Partykeller zu übernachten. Schlau wie Sophia ist, kontaktiert sie auch Georg und sagt ihm, er sei herzlich willkommen als Hahn im Korb.

Ich glaube, das tut sie nicht nur wegen mir. Das ganze Team hat ihn liebgewonnen. Aber meine Mädels wollen das meiste aus der Situation herausholen und planen kurzerhand eine Verschwörung gegen mich. Es ist, als seien wir wieder dreizehn. Der Plan ist nämlich, dass Georg und ich nebeneinander schlafen sollen. Dafür werden die Luftmatratzen und Schlafsäcke mit viel Tamtam umplatziert. Dann beharrt jede darauf, auf genau ihrem Platz liegen bleiben zu dürfen. Weil die jeweilige Nachbarin ja so wichtig ist. Wir armen Verschwörungsopfer haben also nicht die geringste Chance, uns woanders hinzulegen.

Meine Mitspielerinnen kichern wie Grundschulkinder. Es fehlt nur noch, dass sie mir zuzwinkern. Es ist so unreif und kitschig.

Es ist so aufregend, ihn zu berühren. Ich werde es niemals vergessen. Keine Angst, wir tun inmitten meiner Freundinnen nichts Verwerfliches. Es genügt, seinen Arm oder sein Bein leicht mit meinem zu berühren. Wir alle kennen dieses Gefühl der ersten körperlichen Berührung. Wir flüstern die ganze Nacht. Können einfach nicht aufhören.

Nach diesem Wochenende vergeht ein ganzer weiterer Monat, in dem wir uns nicht sehen. Ich überlege schon, so altmodisch zu sein und einen Brief zu schreiben. Oder doch lieber nur eine E-Mail? Was kann ich tun, um den Kontakt zu verstärken?

Erst mal ist eh nichts möglich, denn es steht eine Abschlussfahrt nach Rom an. Die Hauptstadt Italiens hat es mir angetan. Ich schieße so viele Fotos wie noch nie in meinem Leben. Von den uralten Sehenswürdigkeiten, meinem leckeren italienischen Essen, unserem Kurs ... Es gibt noch kein Instagram, sonst würden meine Bilder dort landen. Ich lasse sie ausdrucken, um sie später Georg zu zeigen. Selbst vor den ehrwürdigsten Kulissen der Antike denke ich nur an ihn. Mir fällt auf, wie gut er in diese Umgebung passen würde. Schon plane ich im Kopf unsere gemeinsamen Reisen.

Meine beste Schulfreundin sagt mir, meine Verliebtheit sei mir am ganzen Körper anzusehen. Sie macht Witze, dass wir ganz viel Eis kaufen müssen, um mich abzukühlen. Im nächsten Moment werde ich mit dem Wasser eines Brunnens bespritzt. Das ist die schnelle Notabkühlung.

Als ich wieder zuhause sitze, sehe ich meine Fotos durch. Ich sortiere gerade die verwackelten aus, als das Telefon klingelt. Georgs Nummer erscheint auf dem kleinen, grüngrauen Bildschirm des Festnetztelefons. Mein Herz springt weiß Gott wohin. Ich höre seine Stimme. Klingt er betrunken? Ach, und wenn schon, es ist so schön, ihn zu hören.

»Hallo Schönheit.«

Mir fällt keine schlagfertigere Antwort ein als: »Du siehst mich doch gar nicht. Ich sehe gerade echt fertig aus.«

»Komm schon, Clara. Hör auf damit. Ich wette, du bist trotzdem wunderschön. Aber darüber wollte ich gar nicht mit dir reden.«

»Sondern?«

»Ich will nicht mehr länger hierbleiben.«

»Wie meinst du das?«

»Ich vermisse dich so sehr, dass ich nicht mehr warten will. Wenn es für dich kein Problem ist, würde ich direkt losfahren.«

Was, jetzt? Meint er das ernst? Das sind zwei Stunden Autofahrt, und es ist schon abends.

»Keine Widerworte, ich fahre in einer Stunde los.«

Warum erst in einer Stunde, frage ich nicht. Ich vermute, die braucht er zum Duschen und Sachen packen. Vielleicht muss er auch noch was erledigen. Darauf kommt es jetzt aber auch nicht mehr an. Er wird noch heute Abend hier sein! Darauf freue ich mich.

Auf jeden Fall brauche ich auch eine Dusche. Was soll ich anziehen? Wir werden heute Abend nirgends mehr hingehen, dafür kommt er viel zu spät an. Also ein gemütlicher Abend vor dem Fernseher. Nach den letzten Tagen in Italien genau das, was ich brauche. Das heißt, ich brauche etwas Bequemes, das trotzdem gut aussieht. Eine Leggins? Ich habe eine mit einem Muster wie so ein norwegischer Strickpullover. Die zusammen mit dem Oversized Sweatshirt? Ja, das klingt gut. Meine Haare flechte ich zu zwei Zöpfen. Optisch wirke ich jetzt noch jünger als ohnehin schon. Wie jung werde ich im Vergleich zu ihm aussehen? Was soll's. Ich hüpfe durch die Wohnung, singe Songs mit, die auf MTV laufen, hole Süßigkeiten aus dem Schrank und dann doch lieber das Obst. Oder doch die Süßigkeiten? Beides! Ich gehe sogar in den Keller und hole kühle Getränke. Meine Eltern sind auf irgendeinem Vereinsevent. Ich habe sturmfrei und bin bereit.

Im Fernsehen läuft eine Reality Show. Das ist perfekt, denn die kann ich jederzeit unterbrechen. Soll ich noch eine Kerze anmachen? Nein, erst wenn er da ist. Ich warte und warte. Irgendwann schreibe ich aufgeregt eine SMS an Ellie. Sie soll genau wissen, was passiert. Inzwischen ist die Zeit, die Georg für die Fahrt brauchen würde, fast vorüber. Wenn er schnell gefahren ist, müsste er schon da sein. Ist er nicht. Er fährt also langsam und vorsichtig. Das finde ich sehr bewundernswert. Eine weitere halbe Stunde vergeht. Ist er wirklich so langsam unterwegs? Ich will gerade anrufen, als mein Handy vibriert. Das ist nicht seine Nummer. Wer kann an einem Freitag nach zehn noch bei Unbekannten anrufen?

»Clara?«

»Ja. Wo steckst du?! Ich warte schon auf dich.«

»Auf dem Polizeirevier.«

»Was?«

»Mir ist nichts passiert, danke der Nachfrage.«

Ich stocke kurz. Warum so frech? Da merke ich an seiner Ausdrucksweise, dass er tatsächlich angetrunken ist.

»Tut mir leid, erzähl, was ist passiert?«

»Autounfall. Ich hatte einen.«

»Ach du Sch-!« Mehr bringe ich erst mal nicht heraus und mehr erzählt er auch nicht.

Erst am nächsten Tag ruft er kleinlaut wieder an, dieses Mal von zuhause. Es war Sekundenschlaf. Mitten auf der Autobahn. Das Auto war brandneu, es war erst seine dritte Fahrt damit. Jetzt ist der Wagen komplett hinüber. Georg selbst ist zum Glück nichts passiert, da er relativ langsam und auf der rechten Seite gefahren ist. Auch sonst ist niemand verletzt, er ist ‚nur' in die Leitplanke gekracht. Doch der Führerschein ist erst mal weg. Das ist wie ein kleiner Vorbote dessen, was mich erwartet. Denn Georg wird ab einem schicksalhaften Tag in der Zukunft gar kein Auto mehr fahren, während ich die zermürbenden Kilometer auf meinem Buckel anhäufe.

Ich bin schockiert, doch nur weil es zu dem Unfall gekommen ist. Über den Rest sehe ich hinweg und erzähle meinen Eltern nichts davon. Ich bin zu frisch verliebt. Wenige Wochen später sind wir ein Paar.

3. Kapitel

Der Anfang unserer Beziehung fühlt sich an wie ein Traum, aus dem ich nicht aufwachen will. Mit Georg an meiner Seite schließe ich erfolgreich die Schule ab. Auf der Abschlussparty tuscheln sie über uns, und ich liebe es, denn der ältere Georg macht Eindruck. Mit dem Abitur in der Tasche beginne ich dann mein Studium im Mediendesign. Parallel fange ich fast sofort an, in einer Agentur zu arbeiten. Um mir die Zugfahrten nach Leipzig und noch ein paar Reisen zu finanzieren. Es ist alles extrem stressig, aber ich fühle mich so unglaublich erwachsen.

Das Einzige, was ‚*kindlich*' bleibt ist, dass ich weiterhin bei meinen Eltern lebe, jedenfalls unter der Woche. Ich könnte ausziehen, doch dann müsste ich noch mehr Geld auftreiben. Außerdem hasse ich die Vorstellung, allein zu leben; und von Wohngemeinschaften habe ich zu viele Gruselgeschichten gehört. Also bleibe ich zuhause, mit meiner Schwester, meinen Freunden und dem Volleyballverein in der Nähe. Am Wochenende und in den Semesterferien fahre ich dann zu Georg. Dort genieße ich das Privileg der ‚*eigenen*' Wohnung ohne Eltern. Ich bin überzeugt, dieses Leben sei das Beste, das mir in meinen jungen Jahren passieren kann.

Nun gut, es läuft nicht alles perfekt. Meine Eltern sind zum Beispiel erst mal skeptisch gegenüber Georg. Ich hätte mir denken können, dass auch sie ein Problem in dem hohen Altersunterschied und der weiten Entfernung sehen. Doch nach einigen Besuchen sind sie hin und weg. Wenn Georg eins weiß, dann, wie er sich zu präsentieren hat. Meine Eltern sind seinem Charme sofort verfallen.

Freitags nachmittags sitze ich fast jede Woche im Zug. Die Reise nutze ich zum Lernen. Bei Georg machen wir uns einen gemütlichen Freitagabend. Er kocht oft für uns. Manchmal sind Freunde dabei, dann wird es lustig. Samstags bis sonntags geht es dann richtig los. Wir fahren von Turnier zu Turnier, er oft als Schiedsrichter, seltener als Trainer. Ich bin immer an seiner Seite. Mal als Assistentin, quasi als Mädchen für alles, mal als Zuschauerin. Ich schüttle wichtigen Menschen aus der deutschen Volleyball- und Sportwelt die Hände, lerne Spieler und Spielerinnen aus der Bundesliga kennen. Mein Team in Berlin wäre neidisch, wenn sie das alles wüssten. Doch ich sehe sie immer seltener und steige schleichend aus der Mannschaft aus.

An ein spezifisches Beachvolleyball-Turnier in einem Spätsommer kann ich mich besonders gut erinnern. Ich sitze auf der Tribüne, mit meiner überdimensionalen Sonnenbrille, einem strahlenden Lächeln und einem leicht wehenden langen Kleid. Georg ist der wichtigste Mann des Tages und er ist meiner. Für die Zuschauer gibt es Wein, ich bekomme mein Glas kostenlos. An diesem Tag bin ich der Hauptcharakter aus Pretty Woman. Für ein paar Jahre bin ich in diesem Märchenland.

⟶

Nach unserer Hunderunde kehrten Viola und ich in ihre Wohnung zurück. Meine Füße waren nass. Ich hatte die falschen Schuhe angezogen. Peinlich für jemanden, der behauptete, Outdoorsport zu lieben.

Viola bot mir einen Tee an. Aus ihrer dunklen gemütlichen Landhausküche hörte ich das Wasser brodeln. Das Zimmer war voller herbst- und winterlicher Blumen. Der Hund, der übrigens Johnny hieß, lag schlafend auf seiner Decke. Viola hatte langsame Rockmusik eingeschaltet. Jetzt war es ein bisschen zu laut, als dass man sich ohne Weiteres zwischen Wohnzimmer und Küche unterhalten konnte. Mir kam das gelegen. In der letzten Stunde hatte ich so viel geredet, dass ich das Schweigen jetzt brauchte wie Sauerstoff.

Die Unterhaltung ging mir wieder und wieder durch den Kopf. Violas Reaktion war so sachlich-neutral gewesen, dass es befremdlich war. Ihre Begründung lautete: »Du bist nicht die erste, die sich mir anvertraut, ich habe schon viele wirklich schlimme Geschichten gehört.«

Sie erklärte weiter, sie habe sich angewöhnt, ihre eigenen Gedanken und Meinungen zurückzuhalten. Stattdessen stellte sie Rückfragen, damit ich noch mehr Ballast loswerden konnte. »Und was ist dann passiert?«, fragte sie so beiläufig und entspannt, als würde ich ihr von einem Trip in den Streichelzoo erzählen. Sie ließ mich frei assoziieren. Was ich nicht sagen wollte, wollte sie auch nicht wissen. Hatte sie sogar bewundernde Worte für mich, oder hatte ich mir das eingebildet?

Jetzt räumte sie in der Küche auf, während ich starr auf Johnny blickend darüber nachdachte, dass Menschen tatsächlich noch wohlgesinnt sein konnten. Ich verspürte Dankbarkeit und Wärme, bis der Hund kläffte. Das ließ mich zusammenfahren. Sofort war mein gesamter Körper wieder angespannt. Es war so furchtbar laut, das mochte ich gar nicht. Nur langsam beruhigte ich mich wieder, als Viola das Sportprogramm einschaltete. Ich lehnte mich zurück und genoss, so gut es ging, die Unterhaltung. Leider erinnerte mich dieses Programm auch an das Ende meiner Märchenzeit.

←

Wenn wir von den Turnieren zurückkommen, sagt Georg oft, er brauche jetzt Entspannung, doch ich will Action. So auch an diesem Wochenende. Wir wollen gerade von diesem Winterturnier verschwinden. Es ist ein früher Samstagabend. Ich bin langsam genervt. Georg hat mich schon vor einer halben Stunde ins Auto geschickt. Ich solle nur kurz warten, er werde gleich kommen. Also sitze ich da und warte und warte. Es ist eisig kalt im Wagen, die Heizung muss sich erst warmlaufen. Während ich das Gebläse hochdrehe und meine Hände aneinander reibe, kann ich durch ein Fenster den Flur der Sporthalle sehen. Dort steht Georg, umgeben von einer ganzen Frauenmannschaft. Ich muss nicht hören, was sie sagen. Ich erkenne an ihren Gesten und ihrer Mimik, dass sie mit ihm flirten. Eine posiert aufreizender als die andere. Ich bin ja schon irgendwie stolz darauf, die Freundin dieses begehrten Mannes zu sein. Aber jetzt gerade, wo es so kalt ist und ich allein hier draußen sitze, nervt es ein wenig.

Endlich gesellt sich der Held des Tages zu mir in den vereisten Kombi. Wir fahren in die Dunkelheit, während die ewig gleichen Lieder aus dem Radio heraus dudeln. Es ist noch früh, eigentlich wäre genügend Zeit, um irgendwo essen oder feiern oder ins Kino zu gehen. Aber ich ahne schon, dass das nicht mehr passieren wird.

Ich behalte Recht. Kaum sind wir im Wohnzimmer, legt Georg sich aufs Sofa. Er streckt sich, gähnt, wirft die Socken in die Ecke.

»Hast du heute Abend noch Kumpels eingeladen?«, frage ich in der vagen Hoffnung, dass es zumindest noch ein soziales Event werden könnte. Doch Georg schüttelt den Kopf, während er seine Jeans gegen die ausgeleierte Jogginghose tauscht. Eigentlich habe ich selbst keine Lust auf mehr Gesellschaft heute, aber nur mit einem faulen Georg herumsitzen, ist noch langweiliger.

Ich habe aber keine Wahl. Das Sofa verlassen wir an diesem Samstag nicht mehr. Per Telefon bestellt Georg Essen vom Italiener um die Ecke. Im Fernsehen läuft eine Spieleshow. Das ist alles, was heute noch an Action passiert.

Der nächste Morgen kommt, und in mir erwacht eine zarte, kleine Hoffnung. Mein Zug wird erst um achtzehn Uhr gehen. Bis dahin ist noch viel Zeit für einen schönen Ausflug. Außerdem hat es über Nacht geschneit. Jetzt ist es draußen klirrend kalt, aber die Sonne strahlt. Die Welt glitzert. Schon beim Frühstück schnappe ich mir fröhlich Schal und Handschuhe. Ich will raus! Da draußen funkelt das Winterwunderland.

Georg schnappt sich keine Winterkleidung. Er nimmt sich nur seine Wolldecke, einen Tee und platziert sich, wie gestern, auf dem Sofa.

Da bricht der Frust aus mir heraus: »Ist das dein Ernst? Draußen ist es wunderschön! Um Sechs ist meine Abfahrt. Willst du die Zeit bis dahin so verbringen?«

Georg sieht mich verwundert an, als er antwortet. »Du bist seit drei Jahren fast jede Woche hier, und wir machen ständig was. Ich weiß gar nicht, was wir noch tun könnten, was wir noch nicht abgehakt haben. Lass uns diesen einen Tag doch mal drinnen im Warmen bleiben.«

»Gut«, stimme ich zu, während ich den Schal wieder ausziehe, »dann will ich gerne was spielen. Das geht drinnen und ist gemütlich.«

»Keine Lust«, bekomme ich zurück.

»Du willst also nichts machen außer herumliegen?«

»Hauptsächlich möchte ich heute Ruhe. Die Turniere sind anstrengender für mich als für dich.«

Ich seufze, lasse mich auf die Couch plumpsen. Das stimmt. Er hat außerdem überhaupt nichts Schlimmes getan. Er ist eben ein Mann, der neben seinem Hauptjob noch eine Wochenendbeschäftigung und fast jedes Wochenende seine Freundin zu Besuch hat. Trainieren tut er auch viel. Natürlich ist er manchmal müde.

Aber ich bin noch jung und voller Energie und will mehr machen! Was erleben! Vor allem fühlt es sich allmählich an, als würden wir nebeneinander her leben. Er will mich nicht mehr überall dabeihaben – wie noch am Anfang. Das finde ich schade.

Es ist etwa an Ostern, als mir mein Freund offenbart, dass er bald wieder ins Trainingscamp fahren werde, um eine neue Damenmannschaft zu unterstützen. Als ich das höre, freue ich mich. Das ist unser Ort! Das Camp, in dem wir uns kennengelernt haben! Ich wittere eine Chance, unsere Beziehung wieder genauso aufregend zu machen wie zur Anfangszeit. Wir müssen nur gemeinsam dort hinfahren und uns an die schönen Filmabende und die Cocktails erinnern.

»Soll ich mitkommen?«, schlage ich vor. »Du musst ja nicht von morgens bis abends Trainer spielen. Wir hätten auch viel Zeit für andere schöne Dinge. Und ich bin natürlich wieder gerne deine Assistentin.«

Ich lege meinen Arm um seine Schultern und habe schöne Vorstellungen im Kopf. Das könnte fantastisch werden. Doch Georg sieht eher irritiert als begeistert aus.

»Ähm, Clara, ich fahre dort hin. Ich wurde eingeladen, du nicht.«

»Deswegen ist es doch nicht verboten, dass ich mitkomme.«

Ich fürchte, ich nerve ihn.

»Du kannst nicht überall die Assistentin sein«, erklärt er. »Da gibt es nichts für dich zu machen. Komm, du würdest dich doch langweilen.«

Ich weiß, dass er sich die Gründe aus der Nase zieht. Denn in so einem umfangreichen Sportcamp mit so vielen gleichgesinnten Menschen werde ich mich definitiv zu beschäftigen wissen.

»Ich bezahle auch selbst«, erwidere ich, weiterhin mit einem süßen Lächeln. Ich will jetzt keine negativen Empfindungen zeigen oder verursachen. »Ich fände es einfach schön, wieder mal mit dir dort zu sein. Das ist doch unser Ort! Außerdem, merkst du nicht, wie träge und routiniert wir werden? Wir brauchen mal wieder ein gemeinsames Bootcamp!« Ich lache darüber, will ihn auch zum Lachen bringen.

»Clara, tut mir leid, aber nicht so. Wir machen was anderes zusammen, wenn ich wieder zurück bin. Versprochen. Aber ich bin ehrlich, ich will dich nicht dabeihaben. Das mit dem Trainingsjob ist mein Ding. Ich habe dich schon so oft mitgenommen. Jetzt will ich einmal was nur für mich tun.«

Mit diesen Worten öffnet er sich ein Bier. Es zischt, der Deckel fliegt in die Ecke. Ich lasse die Schultern hängen, gebe auf. Die Sehnsucht nach diesem besonderen Ort wird nur stärker, jetzt, da er mich aktiv zurückgewiesen hat.

Meine Stimme wird zittriger: »Georg, bitte! Nenn mir einen wirklichen Grund, warum ich nicht dabei sein kann. Du kannst doch was anderes allein machen. Warum nimmst du uns den Ort weg, an dem wir uns kennengelernt haben?« Dass ich darüber so verzweifelt bin, erstaunt mich selbst.

Er erwidert nur: »So langsam geht es mir auf die Nerven. Weißt du, ich war dort schon, bevor wir uns getroffen haben. Ich verbinde mit dem Camp sogar noch mehr. Nicht nur dich.«

Das ist sein letztes Wort zum Thema.

Na schön. Ich nicke, knalle die Tür zu und gehe. Ich fahre nachhause. Soll er doch ohne mich verreisen. Dann erhalte ich kein Lebenszeichen mehr von ihm, bis mich am nächsten Abend seine Schwester anruft.

Normalerweise schreiben oder telefonieren wir jeden Tag miteinander, selbst wenn es nichts Wichtiges mitzuteilen gibt. Über vierundzwanzig Stunden kein Wort von meinem Freund zu hören, erst recht nach einem so harten Abschied, ist wie ein kalter Entzug. Aber ich sehe es als seine Aufgabe, sich als Erster zu melden. Hoffentlich mit einem »Es tut mir leid, natürlich kannst du mit ins Camp, ich freu mich schon!«

Ich sitze mit einem Rätselbuch auf meinem Sofa in dem kläglichen Versuch, mich abzulenken, als das Telefon klingelt. Es kommt mir schriller vor als sonst. Georg? Ich stürze zum Hörer. Es ist nicht er, es ist seine Schwester. In ihrer Stimme liegt etwas Merkwürdiges. Da ist eine schwer greifbare Angst, eine Eindringlichkeit, die ich sonst nicht von ihr kenne. Sie muss zwei Mal ansetzen, um mir mit brechender Stimme erzählen zu können, was passiert ist.

Welche Folgen dieser Tag für uns hat, werden wir alle erst viel, viel später begreifen.

Aber er bringt nicht nur negative Auswirkungen mit sich ... jedenfalls am Anfang nicht.

Zum Beispiel führt Georg seit diesem Vorfall ein gesünderes Leben. Er trinkt kaum noch Alkohol! Darauf bin ich echt stolz. Er fährt auch nicht ohne mich ins Trainingscamp, denn dazu kommt es erst mal nicht. Außerdem blüht unsere Beziehung stärker auf denn je. Über die Jahre ist es normal, dass man sich aneinander gewöhnt, dass es weniger aufregend wird, man hin und wieder Streit hat. Doch dieser Schicksalsschlag führt uns näher zusammen, als man sich hätte vorstellen können. Klar ist es oft schwierig. Aber es hat auch viele schöne Aspekte. Für mich kommt nun eine Phase, in der ich mich wichtig und gebraucht fühle, auf die gute Art.

Georg hingegen wird ängstlicher. Er fragt sich ständig: Was, wenn »es« wiederkommt und dann noch schlimmere Folgen haben wird? Manchmal packt ihn regelrechte Panik. Mir tut er leid, doch ich kann »es« noch nicht richtig einordnen. Noch habe ich es nicht selbst gefühlt und versuche, es kleinzureden.

Aber auch die für mich spürbaren Nachteile lungern schon jetzt überall. Zum Beispiel darf mein Freund kein Auto mehr fahren. Seitdem bin ich die am schlechtesten bezahlte Chauffeurin aller Zeiten. Ich könnte ein Vermögen verdienen, wenn ich für all die Strecken bezahlt würde …

Direkt nach dem verhängnisvollen Anruf seiner Schwester ist das Leben eigentlich am merkwürdigsten. Ich bringe beispielsweise meinem neun Jahre älteren Freund das Sprechen neu bei. Kein Witz. Ich sitze an seinem Bett und lese ihm aus Kinderbüchern vor: Das ist ein Hund, der geht jetzt ins Haus und findet dort sein Bett. Wir lernen die Worte wie Vokabeln.

Georg könnte sich furchtbar dafür schämen, doch das tut er nicht. Es bringt uns noch enger zusammen. Was wir gemeinsam durchstehen, können nicht viele Paare von sich behaupten. Sogar mein Studium habe ich unterbrochen, um bei ihm sein zu können ... Auf verrückte Art ist die Welt gerade gut.

Aber manchmal blitzen schon die ersten dunklen Bilder auf und mischen sich mit der Realität. In meiner Erinnerung liegt Georg ganz allein in einem kalten Raum auf einem Bett, alle Gliedmaßen sind festgeschnallt. Er sieht so hilflos, machtlos aus. Er tut mir leid. Doch sein Fluchtinstinkt ist größer. Ich blinzele bloß, da höre ich Metall auf Fliesen schaben, und plötzlich steht sein Bett unterm Fenster. Georgs Körper zuckt und schreit. Sie müssen zu härteren Mitteln greifen. Also verlegen sie ihn in die psychiatrische Abteilung. Nur dort ist die Überwachung gut genug.

Ich sehe ihn reglos da liegen, kaum atmend, dann kommt mein Schockmoment. Da ist er wieder vor mir, in diesem merkwürdigen Zustand, als er gerade aufwacht und kaum noch aussieht wie ein Mensch. Als die Medikamente sein Gesicht so verzerren. Es ist so gruselig.

»Wir haben eine Vermutung zu seiner Diagnose. Aber wir wollen noch nichts sagen. Erst möchten wir uns absolut sicher sein. Was wir denken, sagt man niemandem einfach so«, erklärt mir die Oberärztin mit wackeligen Worten. Ihr Blick schweift zur Seite. Mir bleibt kurz der Atem weg. Was? Kann sie sich so schlecht in meine Lage versetzen? Kann sie gar nicht verstehen, dass so eine Aussage die Nerven viel brutaler blanklegt als jede noch so niederschmetternde Diagnose? Ich weiß nichts, absolut nichts! Außer, dass »es« so übel ist, dass kein Arzt es auszusprechen wagt.

Die Psychiaterin im Flur steht auf meiner Seite. »Sie haben wohl nicht oft mit Angehörigen zu tun. Diese Frau verdient die Wahrheit!«, knallt sie der Ärztin an den Kopf. Nach viel Betteln und noch mehr Vorwürfen nennt sie mir endlich den Verdacht. Und das auch nur, weil ich vorgebe, Georgs Verlobte zu sein.

Sie vermuten eine schwer zu diagnostizierende, äußerst seltene und noch tödlichere Form der Leukämie. Mir wird so schlecht und so dunkel vor Augen, dass ich mich auf den Boden setzen muss. Trotzdem ist es mir lieber, als heimgeschickt zu werden und gar nichts zu wissen.

Der Verdacht wird kurz darauf widerlegt. Offensichtlich. Sonst würde Georg unsere ganze Geschichte nicht mehr erleben. Später wird mir gesagt, er hat eine Hirnentzündung. Das ist aber nicht alles. Oder anders gesagt, das ist nicht das Problem.

Es ist ein frischer, klarer Januartag, als wieder das Telefon klingelt. Dieses Mal habe ich keine Ahnung, zu wem die Stimme am anderen Ende der Leitung gehört. Sie stellt sich als Nadine vor und ist eine neue Kollegin von Georg. Moment mal! Ist sie es nicht, mit der er für einen Halbmarathon trainieren wollte? Ich war so stolz auf meine Sportskanone, als er mir davon erzählte. Immerhin ist es nicht selbstverständlich, nach so vielen harten Wochen im Krankenhaus für ein Sportevent dieser Art zu trainieren – und dann auch noch nach einem vollen Arbeitstag. Aber was ist passiert? Warum ruft sie mich an?

Nadine sagt mir, sie habe eben wegen Georg den Notruf kontaktiert. Ich soll Bescheid wissen und schnell zu ihm fahren. Gleichzeitig will sie wohl Antworten dazu, was los ist. Ganz ehrlich, die will ich auch.

Trotz allem bin ich noch erstaunlich gefasst. Im Nachhinein vermute ich, es war die Schockstarre. Wie gerne hätte ich in den kommenden Jahren genauso sachlich auf alles reagiert. Nadine nennt mir ihren Verdacht, was geschehen ist und ich bestätige ihn: »Ja, ich fürchte, das kann sein.«

Ich nehme einen Schluck Kaffee, um mich selbst zu beruhigen.

»Warum? Kommt das häufiger vor?«

»Ja, aber das letzte Mal ist über ein halbes Jahr her.«

Dass »es« wiedergekommen ist, fühlt sich nicht gut an.

Nadine verrät mir, wo ich meinen Freund finden kann. Ich danke ihr für ihre Reaktion und den Anruf. Dann fahre ich los.

Schon am nächsten Tag darf ich Georg nachhause bringen. Er ist schweigsam, es ist ihm spürbar unangenehm. Wie ein verängstigtes Tier sitzt er neben mir im Auto. Der behandelnde Mediziner hat uns noch beim Gehen gesagt: »Ich fürchte, damit müssen Sie nun leben.«

Mehr nicht. Bis heute bleibt die Frage nach dem Warum offen.

Wieder ist für eine Weile alles gut. Wir leben einfach unser Leben. Doch Georg wird nach und nach ruhiger. Egal, wohin er geht, am liebsten ist es ihm, wenn ich dabei bin. Immer häufiger bleibt er lieber in seiner vermeintlich sicheren kleinen Wohnung. Arbeiten geht er weiterhin, aber die ganze Sache rund um den Sport ist nur noch selten möglich. Das tut weh. Dafür machen wir es uns auf andere Weise schön: Unsere Wochenenden werden noch kuscheliger. Manchmal fühlt sich das richtig gut an. Es gibt nur uns. An anderen Tagen, wenn alle unterwegs sind und feiern und die Welt erkunden, kann ich unsere Situation nur schwer akzeptieren.

Irgendwie ist es, als hätte jemand die Pausetaste unseres Lebens gedrückt. Dann erlebe ich es mit. Es ist ein Donnerstag, als ich zum ersten Mal dem Zombieblick begegne ...

Erst ist alles vergleichsweise harmlos. Ich sitze neben ihm, bin einfach für ihn da. Meine Stimme redet beruhigend auf ihn ein. Alles halb so wild, stelle ich fest. Er dreht seinen Kopf zu mir. Ich erwarte, dass er etwas sagt, ein »Danke« vielleicht oder ein »Wo bin ich?«, und fühle eine gewisse Erleichterung.

Doch er starrt nur wortlos auf meine Stirn.

Da ist kein einziger Gedanke hinter seinen Augen. Es ist, als wäre da keine Seele. Aber das kann doch nicht ...!

Ich will aufspringen, wegrennen. Mein nächster Gedanke ist: »Bloß nicht! Bleib bei ihm! Sei da! Sorg nicht für Aufregung!« Also bleibe ich sitzen. Mein ganzer Körper zittert. Seiner nicht. In Zeitlupe hebe ich meine Hand und lege sie ihm auf seinen Oberschenkel. Er soll die Wärme spüren, sich geborgen fühlen. Georgs Körper gibt mir keine Wärme zurück. Er senkt ruckartig den Kopf nach unten und greift meine Hand. Nicht romantisch, sondern gewaltvoll. Er erdrückt sie fast, zieht und biegt an meinen Fingern, dass ich fürchte, er reißt sie jeden Moment ab. Es ist, als ob er sich voller Panik an etwas festhält, als ob er sich an seinem Rettungsanker festkrallt und nicht merkt, dass das der Teil eines lebendigen Menschen ist. Da! Hat er gerade wacher ausgesehen? Ja, tatsächlich, sein Blick wird klarer. Sprechen kann er aber immer noch nicht. Er sieht mich auch nicht mehr direkt an. Sondern zum Fenster.

Ich bewundere meine eigene Reaktionsgeschwindigkeit. Mit drei Schritten stehe ich davor und versperre ihm den Weg. Georg schubst mich mit einem Schlag zur Seite. Ich krache auf den Wohnzimmertisch. Der ist stabiler, als ich erwartet habe. Georg macht sich jetzt am Fenstergriff zu schaffen, kann ihn aber nicht in die richtige Richtung drehen. Sein Gehirn ist damit überfordert. In letzter Sekunde habe ich den kleinen Schlüssel umgedreht und herausgezogen. Gott sei Dank gibt es diese Schlösser. Georg sieht mich an. Der Blick ist weiterhin kalt und als wäre er nicht wirklich da. Dann kommt ganz langsam die Wärme in seinen Augen zurück, während ich immer heftiger zittere. Er schaut zur Couch. Dann auf seine eigenen Hände. Dann auf mich und meinen Ausdruck des blanken Schocks. Zuletzt wieder auf das Fenster.

»Wollte ich gerade ... warte? Clara! Was ist passiert?«

Moment, was ist hier los? Ist das möglich, dass er von nichts weiß? Es ist doch erst vor zwanzig Sekunden gewesen!

Doch Georgs Erinnerungen sind verschwunden. Ein tiefschwarzer Fleck klafft über den vergangenen Minuten. Sein Brustkorb bebt jetzt genau wie meiner. Sich nicht zu erinnern, muss ihm furchtbare Angst machen. Da bemerke ich meinen Schmerz vom Sturz auf den Tisch.

⟶

»Ich bin Mutter! Glaubst du allen Ernstes, ich hätte darüber noch nicht nachgedacht?«

Annika war eindeutig wütend. So kannte ich sie kaum. Nicht mehr, seit wir der Pubertät entwachsen waren.

Meine Stimme klang tatsächlich wieder ein bisschen wie in unserer Kindheit. Trotzig. Wie wenn wir uns über Spielzeug stritten.

»Tut mir leid, weiß ich doch nicht. Ich wollte nur helfen. Du musst nicht gleich wütend werden.«

Meine Zwillingsschwester schnaubte. Sie hatte den Fenstergriff immer noch in der Hand, nachdem sie nur kurz gelüftet hatte. »Clara«, betonte sie, »du willst in letzter Zeit immer nur helfen. Aber das musst du nicht. Wir sind erwachsen und kommen schon klar. Wir haben das auf dem Schirm. Noch sind die beiden aber zu klein, um überhaupt an den Griff dranzukommen.«

Fast hätte ich ein Aber hinterhergeworfen. Denn Kinder lieben es manchmal, sich auf Hocker oder Kisten zu stellen und wie die Großen schon an alles dranzukommen. Da war ich mir sicher. Früher oder später würden sie neugierig werden. Dann wollen sie das Fenster öffnen, und wer wusste schon, was dann passieren könnte ...

Man stelle sich mein Kopfkino vor. Annika verdrehte die Augen. Musste sie ein Lachen zurückhalten? »Clara, du kannst dich entspannen. Du musst für mich und erst recht nicht für Leo die Mutter spielen. Hör mir zu: Wir kommen klar. Du musst nicht für uns mitdenken. Das Fenster wird bald kindersicher gemacht.«

Mit diesen Worten ließ sie endlich den Griff los, setzte sich zurück auf den Sessel und suchte auf ihrem Handy nach der nächsten Busverbindung. Wir wollten heute Abend etwas zusammen unternehmen, doch mich verließ gerade die Lust darauf. Auch bei Annika war die Stimmung nun gedrückt. Sie war genervt von mir und meiner Anwesenheit.

Ich starrte auf das Fenster, den Griff, Annikas kleine Kinder. Ich hoffte wirklich, sie würden schon bald die Sicherheitsvorkehrungen treffen, sonst könnte ich mir nie verzeihen, nicht noch penetranter gewesen zu sein.

⟵

Ich lege das Sachbuch zur Seite auf den Nachttisch. Da stehen so viele medizinische Fachbegriffe drin, dass es mich müde macht. Warum bin ich eigentlich die Einzige, die sich mit der Theorie beschäftigt? Georg informiert sich viel zu wenig. Seine Eltern und seine Schwester tun es auch nicht, es bleibt an mir hängen.

Kaum habe ich das Licht ausgeschaltet, legt Georg sich zu mir. Er kuschelt sich eng an mich. Ich lege mich gern in seinen Arm. »Du bekommst am Wochenende Besuch von Ellie, habe ich das richtig in Erinnerung?«, will er wissen. Dann gähnt er laut. Wir kuscheln uns enger aneinander, geben uns gegenseitig Sicherheit.

»Ja. Endlich mal wieder. Warum?«

»Muss sie bei uns schlafen?« Er dreht sich von mir weg, schweigt kurz, muss sich wohl seinen nächsten Satz überlegen. »Ich lass euch ja feiern. Aber kann sie nicht wo anders unterkommen? Du weißt, dass es echt doof wäre, wenn sie zufällig dabei ist. Ich will ihr nicht wehtun.«

So, wie du es bei mir tust?

Ich seufze lang und tief.

»Und bitte -«

»- sag ihr nicht, was letztes Mal passiert ist? – Schon klar, mach ich nicht.«

Georg will weiter mit mir reden. Ich antworte nicht mehr. Heute bin ich dafür zu müde.

Als Ellie da ist, merkt sie natürlich sofort, dass ich irgendwie erschöpft und abgelenkt wirke und dass es etwas gibt, das ich ihr nicht erzähle. Den ersten Vorfall habe ich mal beiläufig erwähnt. Sie weiß von der Zeit im Krankenhaus. Doch von den blauen Flecken an unseren beiden Körpern und der immer häufiger aufkommenden Angst weiß sie nichts. Es fällt mir schwer, sie nicht einzuweihen. Doch Georg hat es sich ausdrücklich so gewünscht.

»Alles in Ordnung, Clara?«, will Ellie immer wieder wissen. »Du wirkst so abwesend. Hast du mir was zu erzählen? Wieder eine heimliche neue Liebe?«

Es ist eindeutig ein Witz, aber mir ist nicht nach Lachen. Ich wende mich ab, druckse herum: »Wir hatten Streit. Deswegen bin ich so drauf. Aber keine Sorge, wir haben uns ausgesprochen.«

»Okay. Worum ging es denn?«

»Ist nicht so wichtig. Wäre jetzt zu kompliziert, alles zu erklären. Außerdem ist es furchtbar langweilig.« Ich lächle sie an. »Lass uns lieber losgehen.«

Ihr Blick gibt mir zu verstehen, dass sie mir das nicht abkauft. Er flüstert mir außerdem zu, dass sie etwas von früher vermisst.

»Ich vermisse unsere alten Zeiten«, sagt Ellie nun ganz offen. »Wie damals, als wir uns noch alles gegenseitig über Jungs und so erzählt haben.«

»Ellie, wir sind älter geworden. Das macht man jetzt halt nicht mehr.«

Mein eigentlicher Gedanke ist: »Ich auch, Ellie, ich auch. Ich wünschte, ich könnte dir jede meiner Narben zeigen und die ganze Nacht lang darüber reden. Doch dann sähe mein Freund für dich aus wie ein Monster, das er nicht ist. Also darf ich nichts sagen. Aber glaub mir, es fühlt sich für mich genauso falsch an wie für dich. Ich vermisse es auch.«

Ellie nickt stumm. Sie prüft im Spiegel ihr Make-up. Ja, es ist clubreif.

Auf dem Hinweg sind wir weiterhin schweigsam. Die Ruhe drückt mir auf die Atmung, es ist eine dieser richtig unangenehmen Stillen. Immer wieder setze ich an, etwas zu sagen, doch schon im nächsten Moment kommt es mir unwichtig vor. Wir kommen an, tanzen und trinken gezwungenermaßen. Wir reden sogar wieder miteinander, sofern es der Sound zulässt, aber wir feiern nicht. Die Stimmung ist nicht das Wahre. Außerdem ist die Musik nicht mein Ding. Ich will es so sehr fühlen, doch es geht nicht.

Verzweifelt nehme ich Ellies Hand, und natürlich ist sie genau in dem Moment von irgendwas abgelenkt. Sie lässt sofort los und kommt erst ein paar Minuten später wieder zurück. Hat sie sich mit irgendwem unterhalten?

Ich stehe etwas verloren auf der Tanzfläche. Aus den Augenwinkeln sehe ich einen Körper, der dem Boden bedrohlich nahekommt. Mit seinem Aufschlag auf der klebrigen Tanzfläche durchschlägt mich ein Blitz. Ich stehe da wie angewurzelt, zittere, starre nur auf diesen Typen, höre Blut rauschen. Diese kalte Befürchtung, dass dieser Mann, den ich nicht kenne, ernsthaft verletzt sein könnte, kriecht durch mich durch. Erinnerungen. Sie sind so echt. Ich empfinde das Bedürfnis, ganz viel Sauerstoff in kurzer Zeit zu atmen. Und zu schreien und wegzurennen. Ich schubse Ellie von mir und renne. Sie kommt mir schnaubend hinterher. Geht es dem Mann gut? Ich will es wissen und kann mich doch nicht umdrehen. Ich bekomme keine Luft mehr, es ist so stickig hier drin. Ich drücke die Tür auf, die Musik verschwindet, Wind schlägt mir entgegen, Ellie ruft mir heiser nach: »Clara, bleib stehen!« Ich bleibe nicht stehen. Erst fünfzig Meter von dem Bunker entfernt kann ich überhaupt wieder atmen.

»Was ist, verdammt nochmal?« Ellie hechelt.

»Tut mir leid, ich will heim. Mir geht's gar nicht gut.«

»Würdest du mir bitte sagen, warum? Was ist los? Geht es um Georg, ist was passiert?«

Ich sehe zu Boden. Nein, in letzter Zeit ist nichts passiert. Aber es ist jederzeit wieder möglich. »Bitte, jetzt nicht. Ich erkläre es später. Bleib nur bitte bei mir«, flehe ich stattdessen. Meine Stimme klingt wieder piepsig.

Ellie entspannt sich ein wenig. Durch das nächtliche Leipzig zu spazieren und zu reden, beruhigt uns beide. Nach zweihundert Metern Stille kann ich mich immerhin über ein paar Themen öffnen. Ich erzähle Ellie von einem

Streit mit meiner Familie. Dann davon, dass ich meine Abschlussprüfung verschoben habe und es jetzt nochmal versuchen will. Ellie legt mir den Arm um die Schulter. Jetzt ist sie an der Reihe mit Geschichten aus dem Leben erzählen. Sie sagt mir, dass sie eine neue, mies anstrengende Chefin hat. Wir lachen über deren Dummheiten. Und Ellie verrät mir alles über ihr letztes Date, und warum dieser Typ vielleicht endlich der Richtige sein könnte.

Wir sind ehrlich zueinander, und doch gibt es noch mehr. Sogar meine Offenheit ist falsch.

Als wir vor dem Motel stehen, ist da wieder dieser Blick in Ellies Augen. Das Vermissen. Über uns flackert das Schild mit dem Namen der Unterkunft in schrillen Farben. Ellie weiß, dass da noch etwas ist, das ich ihr sagen sollte. Aber sie drängt mich zu nichts. Sie ist wunderbar, und ich entferne mich von ihr. Räumlich wie innerlich. Wie dumm von mir.

Noch eine flüchtige Umarmung. Dann ziehe ich mit langsamen Schritten und den Händen in den Taschen durch das Industriegebiet. Jugendliche lachen hinter mir. Ich nehme meine Schlüssel zwischen meinen Zeige- und Mittelfinger. Man weiß nie.

Den Kopf voll leerer Gedanken komme ich in der Wohnung an. Das Licht brennt. Ist Georg noch wach? Das habe ich nicht erwartet. Doch noch weniger habe ich erwartet, ihn so zu sehen:

Mein Freund liegt auf dem Boden, wie ein Käfer auf dem Rücken. Er scheint unverletzt. Da ist nur ein kleiner Kratzer am Arm, alles gut. Langsam gehe ich auf ihn zu. Plötzlich steht er auf. In einer Geschwindigkeit, die nicht natürlich wirkt. Ich erwarte Schmerz und Gewalt. Sehe schon den Zombieblick vor mir, kneife die Augen zu, bevor er der Schmerz werden kann. Doch dann fällt mir auf: So kann ich nicht bleiben! Ich habe noch eine Aufgabe zu erfüllen. Was mit mir passiert, ist jetzt egal, aber erst müssen wieder die Fenster und Türen verschlossen werden. Inzwischen haben sie verstärkte Sicherheitsschlösser. Als alles gesichert ist, schließe ich mich selbst in die Kammer und – es passiert gar nichts. Georg ruft mir nach: »Alles gut, mir war nur etwas schwindelig.«

Er ist zu schnell aufgestanden und hält sich jetzt etwas verkrampft an einem Regal fest. Das sehe ich, als ich den Kopf vorsichtig aus der Tür stecke. Argh! Ich fange an zu fluchen und zu schreien. Die ganze unnötig angestaute Panik bricht aus mir raus. Tränen kommen hinterher. Ich schluchze. Georg nimmt mich in den Arm. Wir weinen gemeinsam, mitten in der Nacht.

Als wir beide wieder einigermaßen klar denken können, sieht mein Freund mich eindringlich an. Ich weiß genau, was er damit sagen will: Es hätte auch anders laufen können. Erst recht, wenn Ellie noch hier gewesen wäre.

Er hat Recht. Deswegen halte ich mich daran und halte die Außenwelt, wann immer nötig, fern von dem, was hier drin passiert.

Diese Nacht ist ungemütlich. Wirre Fetzen aus Traumbildern tanzen um mich herum, alle haben einen realen Ursprung. Ich sehe mich selbst, wie ich den ersten Anruf bekomme und in die Notaufnahme rase. Ich sehe mich auf dem Sofa sitzen, traurig wegen unserem Streit und darüber, dass unsere Beziehung weniger magisch wird. Die Stimme seiner Schwester klingt in meinem Traum wie die eines Monsters. So verzerrt. Szenenwechsel. Georg ist wieder an sein Bett fixiert. Immer wenn jemand hinsieht, ist er ruhig und still. Kaum drehen sich alle weg, bewegt sich sein Körper wie besessen. Er rüttelt mit aller Kraft an dem Bett. Das Gestell gibt bedrohliche, schlecht geölte Geräusche von sich. Dann kippt es um und begräbt Georg unter sich. Blut fließt darunter hervor. Nächstes Bild: Da liegt mein früher so schöner Freund, doch dieses Mal ist sein Gesicht nicht nur verzogen und schlaff. Es ist regelrecht eingedrückt, verkrustetes Blut kommt überall heraus. Lebt er noch? Ein Auge ist verklebt, Zähne fehlen. Es ist, als hätten sie ihn unter dem umgekippten Bett hervorgeholt. Gibt es noch Hoffnung? Dann sehe ich den Mann neben mir, der mir auf dem Flur der Psychiatrie begegnet ist. Er schreit mich an, ich soll mich zum Teufel scheren, dahin, wo ich hergekommen bin. In meinem Traum bewirft der Patient mich mit Spritzen.

Statt eines Psychiaters kommt mir jetzt mein Dozent aus der Uni entgegen. Mit ernstem Blick schreitet er durch den kalt erleuchteten Flur. Ich muss ihm jetzt die Nachricht überbringen, dass ich mein Studium unterbrechen will. Ich glaube, in der Realität hat er verständnisvoll zugestimmt. In dieser anderen Realität schüttelt er den Kopf. Er sieht mich aus blutunterlaufenen Augen an und droht, dass man mich rauswerfen wird. »Für eine Irre ist hier kein Platz«, sagt er tonlos. Ich nicke. Nehme es in Kauf. Für Georg. Der ist jetzt wach und sieht mich dankbar von der Seite an. Sein Gesicht ist immer noch zerstört. Aber er lebt. Sein Ausdruck schlägt um in den leeren Blick. Leichenblass drehe ich mich zurück, hoffe, meinen Dozenten wiederzusehen. Stattdessen, ganz nach Traumlogik, steht dort Georgs Mutter. Sie sieht nicht glücklich aus. Es ist wie in dem Moment, als ich darum gebeten habe, endlich mit allen offen sprechen zu können. Nicht nur über die eigentlichen Symptome, auch über das, was danach passiert. Ich will endlich ehrlich sein, damit sie vorgewarnt sind und sich richtig verhalten können. Ich muss nur reden! Die Heimlichtuerei frisst mich auf.

Seine Eltern aber sehen mich an, als wollte ich ein Kind entführen.

»Das wirst du nicht wirklich tun!«, lese ich in ihren Gesichtern. »Clara, du weißt doch ganz genau, dass Georg selbst darum gebeten hat. Wir unterstützen nur unseren Sohn. So, wie wir es uns auch von dir wünschen.«

Die Stimme von Georgs Vater erklingt: »Verstehst du ihn denn gar nicht? So etwas ist privat. Mit so etwas belästigt man niemanden.«

Die Erinnerung an den echten Moment vermischen sich immer mehr mit der Szene im Traum, und plötzlich befinden wir uns an zwei Orten gleichzeitig, in einem Krankenhaus und bei seinen Eltern im Wohnzimmer.

»Belästigen? Es ist zu seiner und ihrer eigenen ...«

»Du kannst das noch nicht abschätzen. Du bist noch jung. Behaltet es lieber für euch, das ist euer kleines Beziehungsgeheimnis. Georg erklärt es dir gerne nochmal. Die Menschen können mit so etwas nicht umgehen, sie verstehen es nicht und erfinden wilde Geschichten. Du wirst uns allen später dankbar sein.«

Dankbar werde ich ihnen dafür nie sein.

Ich bin es für die leckere, warme Suppe, die Georgs Mutter so oft bringt. Für ihre beruhigenden Massagen und den Tee. Ich bin es dafür, dass Georgs Vater manchmal den Fahrdienst übernimmt. Ich bin es für alles, was sie für uns tun. Aber ich bin es nicht für ihre Verschwiegenheit. Nicht für die nach außen, und schon gar nicht für die nach innen. Keiner von ihnen will wirklich wahrhaben, was geschieht. Deswegen lassen sie mich damit allein. Ich bin die Einzige, die sich informiert, die weiß, was zu tun ist ... die »es« ernst nimmt.

Ich wache auf. Georg neben mir ist noch schweißgebadeter als ich. Für ihn muss alles noch so viel schlimmer sein.

4. Kapitel

Die Gästetoilette ist eine gute Idee. Der Abstellraum ist auch eine Möglichkeit. Der Balkon wäre nicht schlecht, wenn er denn von außen abschließbar wäre. Da er das nicht ist, ist er die denkbar dümmste Idee. Das habe ich auf die harte Tour gelernt. Georg hat mich bei meinem Fluchtversuch durch die Scheibe gesehen. Er ist mir nachgelaufen, hat die Tür aufgerissen und wäre beinahe vom Balkon gestürzt.

Heute stehe ich draußen vor der Wohnungstür. Es ist der schnellste Ausweg gewesen. Georg ist jetzt da drin gefangen. Ich gehe gedanklich alle Gefahrenquellen durch. Wie eine Checkliste rattere ich sie herunter. Nichts Scharfkantiges oder Zerbrechliches steht mehr offen herum. Fenster und Türen sind zu. Die Schlüssel habe ich bei mir.

Ich bin zum Profi geworden. Georg ebenfalls. Er fühlt »es« inzwischen, bevor »es« losgeht, und warnt mich. Dass ich hier draußen stehe, fühlt sich aber komisch an. Als hätte ich mich versehentlich ausgeschlossen und jetzt Angst davor zu klingeln. Ich flehe, dass niemand durchs Treppenhaus läuft und mich fragt, warum ich tatenlos vor der Wohnung stehe. Angestrengt lausche ich. Ein Stockwerk weiter unten öffnet sich knarzend eine Tür. Bitte geh nicht nach oben, bitte geh nicht nach oben!

Ich habe Glück, die Schritte entfernen sich. Dem Klang nach könnte es Herr Buchholz gewesen sein. Ich habe mich so lange nicht mehr mit ihm unterhalten, obwohl er direkt unter uns wohnt. Was ist aus uns geworden?

Aber jetzt darf ich ihm nicht nachgehen, sondern ich muss lauschen. Sobald ich etwas Verdächtiges höre, muss ich sofort in die Wohnung zurück und nachsehen, ob Georg verletzt ist. Es bleibt still. Mein Ohr klebt fast an dem Holz. Bitte, es darf jetzt bloß keiner an mir vorbeilaufen! Warum bin ich auf diese blöde Idee gekommen, in den Flur zu flüchten? Ich verfluche mich selbst. Ein Nachbar telefoniert, das nehme ich deutlich wahr. Jedes noch so leise Geräusch kratzt und schrillt in meinen Ohren. Dann höre ich, wie Georg am Küchenfenster rüttelt. Auch dieses Geräusch ist längst vertraut. Meine Finger verkrampfen sich. Was, wenn er es doch aufbekommt? Doch es passiert nichts mehr. Alles ist still. Zehn Sekunden später höre ich ein vorsichtiges: »Clara? Bist du hier?«

Erleichtert lasse ich meine Arme sinken. Jeder einzelne Muskel löst sich. Der Schlüssel klimpert. Als ich eintrete, sitzt Georg am Esstisch. Sein Gesicht hat er in den Händen vergraben. Er sieht so müde aus, und ich auch. Schlaffe Fetzen von blonden Haaren hängen mir über der Schulter. Meine Haut ist fleckig und blass. Meine Augen leblos. Ich sehe es, als ich am Garderobenspiegel vorbeigehe. Mein Aussehen ist jetzt aber egal, ich setze mich neben ihn.

Er lehnt sich an mich. »Es tut mir so leid. Ich sag es immer wieder, aber es bleibt dabei, es tut mir so so leid.«
Mein Freund nimmt meine Hand. »Ich habe dir wirklich nicht weh getan?«, fragt er.
»Nein, ich war schneller.«
»Gut. Du machst das klasse.«

⟶

Wenn mein Zukunfts-Ich mich so hätte sehen können, an diesem Küchentisch, hätte es mich in den Arm genommen? Hätte es mir zugeflüstert, dass bald alles besser wird? Oder hätte es mir die Wahrheit verraten? Dass das Schlimmste noch bevorstand? Hätte es mir auch zugeflüstert, dass ich selbst noch die unberechenbare Gefahr würde? Für mich selbst und für Georg.

Das Zukunfts-Ich wollte von diesem Vergangenheits-Ich nichts wissen. Es saß schweigend im kalten Herbst vor einem neuen Entwurf. Draußen zog Nebel auf. Heute ging es um eine Grafik für ein Bestattungsunternehmen. Sie wollten einen freundlicheren Eindruck machen, also wünschten sie sich ein neues Design.

Eigentlich ein schöner Gedanke. Das Sterben gehörte zum Leben dazu. Warum sollte ein Bestatter nicht sympathisch wirken? Ich wollte ihnen etwas Hübsches basteln. Aber so sehr ich mich bemühte, es funktionierte nicht.

Ich konnte dem Gedanken an den Tod eines Angehörigen gerade nichts Schönes abgewinnen. Um mich gedanklich weit weg zu beamen, schaltete ich einen Podcast ein. Es half nichts. Ich dachte trotzdem wieder zurück an die Tage in Leipzig, als uns der Tod näher war als je zuvor.

←

Wir betreten das Kabarett. Annika hat uns die Karten geschenkt. Ich selbst hätte sie niemals gekauft, aber als ich die blau-goldenen Tickets in den Händen halte, kann ich es kaum erwarten. Ich muss raus. Brauche Action. Ich will unter Menschen sein, mal wieder lachen, mich unterhalten lassen.

Wir kommen an, und sofort rast mein Blick zur Theke. Der Scan-Modus ist eingeschaltet. So sieht die Lage aus: Auf dem Weg zur Theke muss man an einigen Tischen und Stühlen vorbei. Sieben Tische, mit je vier Stühlen, um genau zu sein. Sie sind aus Holz, das ist nicht so schlimm wie Metall, aber schlimmer als Plastik. Daran sitzen Menschen, zum Teil mit Gläsern in der Hand. Eine Frau hat einen heißen Kaffee. Das ist nicht gut.

Ich sage Georg, er soll hier an der Garderobe warten. Ich werde mich schon um die Getränke kümmern. Er lässt die Schultern hängen und verdreht die Augen. Kurz will er etwas einwenden, doch er verkneift es sich.

Mir kommt es wie eine Ewigkeit vor, bis ich mit Limo und Wasser zurückkomme. Georg seufzt laut hörbar. Hinter mir klirrt es. Oh, nein! Eine Frauenstimme lässt einen kurzen, unterdrückten Schrei fahren. Ich wirble so schnell herum, dass mir fast unsere Getränke aus der Hand fallen. Die Frau hat ihre Tasse umgestoßen und ... warte, was? Sie lacht jetzt herzlich über ihr Missgeschick? Ich zwinge mich durchzuatmen. Alles ist in Ordnung. Sie findet es lustig, also ist es lustig. Beruhige dich, Clara. Georg räuspert sich genervt. Ich weiß, was er meint. Es geht mir ja selbst auf meinen letzten noch vorhandenen Nerv. Es ist ein Teufelskreis der Nervosität.

Die nächste Station sind unsere Sitzplätze. Der Theatersaal ist abgedunkelt, was die Sache nicht gerade leichter macht. Warum können sie es nicht wenigstens hell lassen, bis alle Gäste sitzen? Mit Mühe erkenne ich die Nummern der Sitzreihen. Meine Augen waren auch mal besser. Unsere Plätze sind die am Rand. Das heißt, unsere Sicht ist zwar nicht perfekt, dafür haben wir einen freien Weg zum Ausgang. Besser hätte es Annika nicht auswählen können. Es ist beruhigend, dass sie Bescheid weiß.

Der Saal wird während der Show also noch dunkler sein, denke ich. Das ist gut und schlecht zugleich. Man wird uns dann nicht so gut sehen, was ein Vorteil sein kann. Aber umgekehrt sehen wir auch weniger von unserer Umwelt. Das kann schnell zum Nachteil werden. Alles in allem ist es hier aber überschaubar. Die Wege sind kurz, die Autos stehen direkt vor der Tür. Das Personal scheint freundlich und hilfsbereit. Den Notausgang und einen Erste-Hilfe-Kasten habe ich auch schon entdeckt. Leichtigkeit fließt auf einmal durch meinen dauerhaft verkrampften Körper. Wir können die Show ohne Zwischenfall genießen. Das ist nicht jedes Mal so.

Das Leben flattert an mir vorbei. An uns. Inzwischen lebe ich mit Georg zusammen. Seine Familie freut sich natürlich sehr, dass jetzt immer jemand bei ihm ist. Ich, die perfekte Aufpasserin, bin nun stets auf Abruf. Viel ändert sich dadurch nicht. Den Großteil meiner Zeit habe ich ohnehin schon bei ihm verbracht. Aber ab jetzt verbringen wir quasi jeden Tag zusammen.

Wir haben uns an die Eigenarten des anderen gewöhnt. Georg nimmt inzwischen sogar Rücksicht darauf, dass ich etwas geräuschempfindlich geworden bin. Wenn ich ihn schief ansehe, weiß er, dass er seine kratzigen Socken lieber in einem anderen Raum über seine noch kratzigeren Beine ziehen sollte.

»Bin ich dir wieder zu laut beim An- und Ausziehen?«, fragt er mich dann scherzhaft. Ich werfe ihm als Antwort mein Shirt an den Kopf. Das ist zum Glück leicht und leise. Wir sehen uns an und lachen. Das ist auch mal erlaubt.

Andere Menschen sehen wir dafür umso seltener, und das ist traurig. Der Rückzug geschieht schleichend. So wie jede wirklich gruselige Veränderung. Bis ich es realisiere, ist es zu spät. Alle sind weitergezogen mit ihrem Leben. Ich finde keinen Platz mehr darin, und allmählich habe ich nicht mehr die Energie, mich darum zu bemühen.

Einmal sind wir trotzdem auf einer Hochzeit von Verwandten eingeladen. Ich erlaube mir, optimistisch zu sein. Ein Lächeln huscht über mein Gesicht, als ich mein Outfit für den Tag zusammenstelle und die Geschenkkarte schreibe. Auch wenn es mehr ein müdes, halbherziges Lächeln ist als alles andere.

Als auf der Hochzeit die ersten Menschen von der Tanzfläche zurück zu ihren Tischen torkeln, warnt Georg mich vor. Mein Körper erstarrt, meine Schultern verkrampfen sich. Warum heute? Warum jetzt? Es ist gerade so nett. Es hilft alles nichts, wir müssen verschwinden.

Georgs Eltern neben uns am Tisch bekommen natürlich alles mit. Seine Mutter stöckelt in ihrem glitzernden Hosenanzug hinter uns her. Kaum ist sie aus der Sichtweite der Party, hält sie sich die Hand vor den Mund. Lippenstift bleibt daran kleben. Die Augen reißt sie weit auf. Vor uns zeigt sie ihren Schock offen. Vor dem Rest der Welt spielt sie ihn gerne herunter. Ihrem Sohn zuliebe, wie mir ja längst klar sein muss.

Mit einem Glas Wasser kommt sie in unsere sichere Ecke des Bauernhofs. Dort halte ich Georg vor neugierigen Blicken versteckt. Ihre Gesten sind hektisch. Ich hoffe inbrünstig, dass das Wasser für sie selbst gedacht ist. Aber nein, zu früh gehofft. Selbstverständlich hält sie es Georg vor die Nase. Der gibt ein leichtes Keuchen von sich und starrt nach oben. Reiß dich zusammen Clara, bete ich mir vor. Reiß ihr jetzt bloß nicht das verfluchte Glas aus der Hand! Das gibt nur Scherben …

»Bist du verrückt?« Ich halte meine Wut, die eher Angst ist, nicht im Zaum. Georgs Mutter weicht zurück, die Augen nun noch weiter aufgerissen, legt sich die Hand aufs Herz. Ganz kurz geht sie in die Defensive. Dann tritt sie auf mich zu.

»Entschuldige mal Clara, ich will nur helfen. Was mache ich falsch?« Sie stemmt eine Hand in die Hüfte. In der anderen hält sie noch immer das Glas mit fast einem halben Liter sprudelndem, eiskalten Wasser.

Ich zeige darauf und keife sie regelrecht an: »Das Wasser. Nimm das weg! Du weißt gar nicht, dass der Schluckreflex noch nicht funktioniert? Wenn er jetzt trinkt, bekommt er alles in die Lunge und erstickt. Stell dir vor, du wärst allein mit ihm und ich hätte dir nichts gesagt!«

Sie setzt an, etwas zu sagen, und wirkt sehr kurz sehr wütend. Als würde ich ihre Bemühungen nicht genug wertschätzen. Dann sacken meine Worte bei ihr und sie realisiert, was sie beinahe getan hätte. Wir schweigen uns gegenseitig an, eine geschockter als die andere.

»Du musst verstehen«, setze ich neu an, etwas außer Atem und mit Piepsen in der Stimme, »ich versuche hier, mit Ach und Krach alle Gefahren zu beseitigen. Damit *dein* Sohn überlebt. Tut mir leid, wenn ich dann etwas übervorsichtig reagiere.«

Sie nickt, resigniert und immer noch empört, aber immerhin. Ich sehe jetzt zur Tür, weil ich Stimmen höre. Georg kommt währenddessen wieder zu sich. Heute schlägt er nicht um sich und rennt dem Himmel sei Dank auch nicht weg. Ich gehe in die Hocke auf seine Höhe. Einerseits will ich näher bei ihm sein. Andererseits lassen meine Beine einfach nach.

Seine Mutter quasselt weiter vor sich hin. Irgendwas davon, dass es ihr leid tue und sie nicht wisse, was sie sonst tun sollte, ich würde außerdem immer so schnell durchdrehen und so weiter. Ich höre nicht zu, nicht richtig. Sie hört mir auch nicht zu, wenn ich sie darum bitte, sich endlich zu informieren.

Aus den Augenwinkeln nehme ich einen Anzug wahr. Ist das ein Hochzeitsgast, der um die Ecke schaut? Die Stimmen sind also keine Einbildung. Warum ist der jetzt hier, das ist unsere Ecke! Ich sehe auf – und blicke nicht nur in ein, sondern zwei Gesichter. Es scheint, als suchten die beiden ein ruhiges Plätzchen für ein ‚*Gespräch*‘. Unsere ruhige kleine Ecke ist also auch für andere Absichten auserkoren worden.

Meine gesamte Gestik und Mimik geben zu verstehen, dass die beiden sich verziehen sollen. Wir brauchen hier Ruhe und Frieden. Sie aber sehen erst auf Georg hinunter, dann zu mir, dann zu seiner Mutter. Die steht immer noch neben uns mit ihrem Glas. Noch einmal sehen uns die beiden anderen Gäste abwechselnd an. Dann fängt der Typ an zu lachen. Er kann sich kaum noch halten. »Na, zu tief ins Glas geschaut, Alter? Und die Mutti und die Freundin kümmern sich? Da hast du einen guten Fang gemacht!«

Ohne auch nur eine Sekunde darüber nachzudenken, wie das wirken könnte, jage ich die beiden raus aus der Scheune. Meine Wortwahl dabei ist nicht die höflichste. Ich schreie fast.

Als Antwort erhalte ich ein abwehrendes: »Entspann dich mal. War nur ein Witz. Und das ist nicht mal deine Scheune.«

Die beiden gehen, und ich meine, ein »warum ist so was hier eingeladen« zu hören. Tränen steigen mir in die Augen. Meine Knie zittern. Dabei wäre ich so gerne in Feierlaune, aber ich will einfach nur noch heim – oder zu ihnen rennen, mich entschuldigen und alles erklären. Mein

Blick hängt noch lange an den zwei Gästen. Neben mir ein Räuspern. Ich drehe mich zu ihm hin. Durch die Tränen ist noch immer alles verschwommen. Georgs Mutter schüttelt beruhigend den Kopf. »Bitte tu es nicht«, sagt sie mir damit. Zu allem Überfluss kommt Georg jetzt auch noch zu sich und will das Getränk wirklich haben. Erleichtert, beinahe triumphierend, reicht seine Mutter ihm das Glas. Ich sage gar nichts mehr. Rückblickend glaube ich, das war der erste Tag mit den selbstzerstörerischen Gedanken.

Weil wir uns endlich mal wieder etwas Schönes gönnen wollen, planen Georg und ich kurz darauf einen Ausflug quer durch das Land. Unser erstes Ziel ist die Sächsische Schweiz. Es ist gar nicht weit, aber irgendwie bin ich nie dort gewesen.

Was für ein schönes Fleckchen Erde. Diese Natur ist fast meditativ. Ich lasse den Blick über die außerirdisch scheinenden Berge schweifen. Es ist so faszinierend. Auch hier mag es Gefahren geben, doch das ist mir egal. Die Sonne wirft tanzende Schatten auf den Boden. Bienen summen. Ein Wasserfall plätschert. Georg sieht so glücklich aus. An einem Aussichtspunkt nimmt er meine Hand. Es ist so kitschig und romantisch. Alles ist gut, sage ich mir immer wieder, während wir gemeinsam in die Ferne schauen.

Am nächsten Morgen fahren wir weiter Richtung Nürnberg. Die Stadt steht auch noch auf meiner Bucket List. Es ist etwa zwei Uhr nachmittags, als wir auf der Autobahn unterwegs sind und mein Freund den Kopf sinken lässt.

»Es fängt an«, sagt er leise, »fahr rechts ran.«

Meine Hände am Lenkrad werden feucht. Scheiße, scheiße, scheiße. Autos rasen mit gefühlt zweihundert Stundenkilometern an uns vorbei. Links, rechts, sie sind überall. Wir sind gefangen.

Nicht jetzt. Nicht hier. Ich kann hier nicht mal einfach rechts ranfahren! Er rennt doch auf die Straße!!

Dann geschieht ein Wunder. Keine zwei Kilometer später taucht ein Rastparkplatz auf. Ich bremse kaum ab, ziehe das Auto direkt rechts raus. Auf der ersten Parklücke halte ich mit quietschenden Reifen an.

Zeit zum Verschnaufen, wenigstens für ein paar Sekunden.

Hier ist einiges an Betrieb. Ich entdecke Familien mit Kindern. Ein Geschäftsmann telefoniert unter einem Baum, und eine Freundesgruppe ist offenbar unterwegs zu einem Festival. Ihre Stimmen und Autogeräusche machen einen wahnsinnig. Können die nicht still sein?

Ich sehe zu Georg, der am Türgriff herumspielt. In dieser Sekunde wird mir klar, dass ich es verbockt habe. Er müsste hinten sitzen, auf der Rückbank, da, wo es eine Kindersicherung gibt. Zu spät. Mal wieder.

Sein Blick wird leer.

Ich schaue auf die Uhr. Der Sekundenzeiger kriecht in Zeitlupe voran. Jede Sekunde ist eigentlich zu viel.

Zwei Minuten vergehen. So lange dauert es selten. Ich sehe mich um. Niemand achtet auf uns. Gut so, immerhin erzeugen wir keine Aufmerksamkeit. Zweieinhalb Minuten. Das Ticken der Uhr wird lauter in meinen Ohren. Es hallt und pocht. Ich wünsche mir doch nur, dass es vorbei ist. Alles. Gleichzeitig habe ich viel mehr Angst vor dem Danach. Die drei Minuten sind fast erreicht, als Georg sich bewegt.

Zuerst hoffe ich, dass uns weiterhin niemand sehen würde. Wenige Augenblicke später flehe ich, sie würden ihrer Umwelt wenigstens das geringste bisschen Aufmerksamkeit schenken. Ignorantes Pack.

Georg geht über in seinen Reptilienhirnmodus. So nenne ich »es« mittlerweile. Seine ganze Stärke und all seine Instinkte sind jetzt hellwach, aber kein einziger logischer Gedanke ist zu finden.

Die Tür öffnet sich schwungvoll. Er wirft sich aus dem Wagen, knickt um. Die Tür lässt er offen. Langsam rappelt er sich auf. Dann läuft die gedankenlose Hülle meines Freundes auf die Fahrspur des Rastplatzes. Alles, was er in diesem Modus weiß ist, dass er fliehen muss. Doch er weiß nie, wohin er eigentlich flieht. Geschweige denn, wo er ist.

Noch befindet er sich auf dem Autobahnparkplatz. Die Wagen fahren hier langsam. Ein Fahrer muss um uns herum lenken. Er hupt und wirft uns üble Wörter hinterher. Ich würde ihm am liebsten den Vogel zeigen. Mit letzter Beherrschung halte ich mich zurück.

Ich muss sowieso Georg nachlaufen. Er ist auf dem Weg zur großen, tosenden Autobahn.

Ich ziehe an seinem Ärmel, flehe und bettle, er soll stehenbleiben. Keine Reaktion. Warum versuche ich es überhaupt? Es hat nie funktioniert. Als nächstes packe ich seinen Arm und lehne mich mit meinem ganzen Gewicht nach hinten. Das ist nicht viel und ist in dieser Situation bedauerlich. Er reißt sich so ruckartig los, dass ich auf den Boden falle. Spielende Kinder sehen uns. Sie verstehen nicht. Aber den Eltern müsste auffallen, dass etwas nicht stimmt! Ist es ihnen egal, weil es nicht ihr Problem ist? Ich schreie, reiße an Georgs Kleidung, renne ihm nach. Er schlägt um sich wie ein Tier im Todeskampf. Immer noch reagiert niemand. Ehestreit, denken sie sicher nur. Weit sind wir nicht mehr von der Auffahrt entfernt. Ein weiteres Auto fährt vom Parkplatz los. Um Haaresbreite kurvt es an meinem Freund vorbei, der hin und her läuft. Noch fünf Meter bis zur donnernden A9. Ich schreie seinen Namen. Nichts. Noch vier Meter. Ich renne vor ihn, will eine Barriere sein. Er schubst mich achtlos weg gegen die Leitplanke. Noch drei Meter. Mir bleibt nichts mehr übrig. Ich nehme Anlauf, springe und werfe mich mit meinem gesamten Körper auf ihn. Es funktioniert! Georg geht zu Boden. Das nächste Problem ist nur: Ich auch, und ich liege jetzt unter ihm. Da ist absolut keine Luft zum Atmen. Ich spüre, wie mir schwindelig wird, und schlecht. Die Welt wird dunkler und dunkler, während Georg schwerer und schwerer auf mir liegt. Ich schließe die Augen. Ist das das Ende?

Woher ich die Kraft nehme, weiß ich selbst nicht. Doch irgendwie schaffe ich es, ihn von mir herunterzudrücken.

Er kann aufstehen. Ich liege noch am Boden. Meine Brust brennt, ich keuche. Ein Lastwagen rast nur wenige Meter vor uns vorbei. Der Fahrtwind reißt Georg beinahe erneut von den Füßen. Wir atmen beide flach und hektisch. Alles schmerzt. Ich halte mit der rechten Hand mein blutendes linkes Handgelenk. Meine Jacke hat einen Riss, und auf meiner Brust entwickelt sich bereits ein Bluterguss, von dem ich noch nichts ahne. Auch er blutet an Knien und Handflächen. Hinter mir Kinderlachen und Gequatsche über Badeurlaub an der Ostsee.

Mein Bluterguss wechselt in den kommenden Tagen munter seine Farbe. Erst ist er blau, dann rot, dann lila, und jetzt glänzt er regelrecht in Schwarz. Ich bin ein Kunstwerk, lache ich müde in mich hinein.

Wie es das gehässige Schicksal will, habe ich ausgerechnet in dieser Woche einen Vorsorgetermin bei meiner Frauenärztin. Schon im Wartezimmer ahne ich, was kommt. Mühsam versuche ich, meine schwitzigen Hände zu verbergen. Zum Glück gibt es mehrere Gründe, aus denen frau beim Gynäkologen nervös sein kann. Ich falle zunächst also nicht auf. Aber gleich muss ich mich ausziehen. Daran gibt es kein Vorbei. Dann wird es der Ärztin auffallen. Mein Herz pocht gegen die Schädeldecke. Der Fleck ist riesig. Sie wird es garantiert sehen. Aber die wichtigere Frage ist: Wird es sie interessieren?

»Machen Sie sich bitte obenrum frei, wir beginnen mit dem Abtasten der Brust«, sagt meine Ärztin freundlich und sachlich, nachdem sie mich begrüßt und gefragt hat, ob es Beschwerden gibt. Eigentlich habe ich ihr immer vertraut. Sie ist sehr feinfühlig. Heute ist ihre Aufmerksamkeit der Feind.

Ich trete hinter dem Vorhang hervor und tue, als sei nichts. Verhalte dich normal, zische ich mich selbst an. Das ist nicht leicht, ich kippe gleich um. Soll sie den Fleck doch bemerken, denke ich plötzlich. Viel schlimmer ist doch, dass Georg gerade allein mit einem Freund unterwegs ist und sich bestimmt hemmungslos betrinkt. Ja, er hat wieder angefangen. Es könnte alles passieren. Verletzungen. Orientierungsverlust. Der Tod. Meine Zähne klappern. Das ist nur die Kälte, ich stehe halb nackt hier, rede ich mir ein. Mein Puls ist auf Lichtgeschwindigkeit.

Frau Dr. Wesseling erledigt professionell ihren Job. Kann es tatsächlich sein, dass sie den Monsterfleck einfach nicht beachtet? Sie tastet mich ab. Dann sagt sie mir, dass sie nichts Auffälliges fühlt. Also habe ich wenigstens keinen Brustkrebs. Das ist doch eine gute Nachricht. Die Ärztin macht sich eine Notiz. Dann sieht sie mir in die Augen.

»Frau Ritter?«

Das ist mein Nachname. Ich horche auf. Hätte sie ihn vorher nicht gesagt, hätte ich vielleicht gar nicht auf ihre Worte reagiert. Die aufkommende Panikattacke in mir verlangt mehr Aufmerksamkeit.

Ein zittriges »Hm?« schafft es über meine Lippen.

»Ich weiß nicht, ob es meine Aufgabe ist, danach zu fragen. Aber da ich Ihre Ärztin bin, würde ich gerne wissen, was es mit dem Bluterguss auf sich hat. Ist Ihnen etwas passiert?«

Ich schüttle sofort heftig den Kopf. Mein Kreislauf verflucht mich dafür.

»Aber irgendetwas muss doch passiert sein. So eine Verletzung kommt nicht von selbst.« Sie lehnt sich fragend zurück.

Ich ärgere mich, dass ich so schnell reagiert habe. »Klar ist etwas passiert«, gebe ich zu. »Ich meinte eher, es hat mir niemand was getan. Also nicht, dass Sie das jetzt denken. Es war nur ein Unfall. Ein Sportunfall. Sie wissen doch, wie gerne ich Fahrrad fahre.« Meine Worte überschlagen sich. Das war das erste Mal, dass ich einen Fahrradunfall vorgebe, wo keiner war.

Frau Dr. Wesseling zieht jetzt ihre Handschuhe an und fragt weiter: »Wurde es denn ärztlich behandelt, nachdem Sie gestürzt sind? Sieht nämlich nicht so aus. Deswegen frage ich.«

»Nein«, sage ich wahrheitsgemäß. »Ich habe es gar nicht richtig gespürt. Das Adrenalin, wissen Sie.« Auch das entspricht der Wahrheit. Der Schweiß auf meiner Hand wird wieder mehr. Sie sieht es. »Ich habe es erst einen Tag später gesehen, und da sah es längst nicht so schlimm aus wie jetzt. Das wurde erst heute so heftig.«

Die Ärztin nickt langsam. Sie setzt sich vor mich auf ihren Hocker mit Rollen. Die quietschen, es ist ekelhaft. Mit ruhiger Stimme macht sie klar: »Frau Ritter. Sie haben mir bei Ihrem letzten und bei diesem Termin gesagt, dass Sie quasi nicht mehr sexuell aktiv sind. Sie wirken außerdem, als wären Sie sehr erschöpft und verängstigt. Das soll kein Angriff sein, aber als Ärztin muss ich auf so etwas achten. Ich behandle Angstpatienten, gestresste Mütter, ungewollt Schwangere, Menschen mit Hormonproblemen, ich erkenne, wenn etwas nicht stimmt.«

Sie schweigt, gibt mir Zeit zum Antworten. Ich sehe sie an, als verstünde ich nicht.

»Wenn es etwas über Sie und Ihren Mann gibt, das ich wissen sollte, dann sagen Sie es mir bitte.«

Ich reiße die Augenbrauen hoch. Mein Mund klappt leicht auf. Meine ganze Unsicherheit sprudelt aus mir heraus: »Nein, nein, bitte, das ist nicht nötig, das ist es nicht!«

»Er tut Ihnen also nichts an?«

»Nein, nicht er ...«

Ich stocke und muss kurz selbst nachdenken. Streng genommen ist es ja gar nicht Georg selbst, der das tut. Außerdem habe ich mich aktiv auf ihn geworfen, und dabei ist es passiert. Ich bin selbst schuld.

»Es tut mir sehr leid«, fährt Frau Wesseling fort, »aber wenn Sie mir weiter Grund zur Sorge geben, muss ich die Polizei verständigen. Wenn nichts passiert ist, wird sich das schon durch deren Nachforschungen klären.«

Zwei Mal atme ich tief durch. Alles, nur nicht die Polizei.

»Sie sind der ärztlichen Schweigepflicht unterworfen?«

Ich muss es tun. Diesmal muss ich etwas sagen.

»Ja, das bin ich. Darauf können Sie sich verlassen.«

»Dann kann ich Ihnen sagen, was Sie wissen müssen. Sie brauchen sich keine Sorgen zu machen.«

Ich ziehe mich langsam wieder an. Mein Zittern lässt nach. Dann nehme ich mir ein Herz und erzähle der Ärztin das Allernötigste.

Ich bleibe nah bei der Wahrheit und spiele doch alles so weit herunter wie nur möglich. Ganz bestimmt wird es nicht wieder vorkommen, betone ich. Was natürlich eine Lüge ist. Ich bekomme sehr schnell blaue Flecken, ohne harte Einwirkung. Ach, und ich habe letzte Nacht schlecht geschlafen, daher sei ich so zittrig. Etwas zu Essen bräuchte ich auch dringend, weil ich ja maßlos unterzuckert sei.

Frau Wesseling stellt keine weiteren Fragen. Sie lässt mich gehen. Doch ihre Miene bleibt ernst.

→

»Ein paar blaue Flecken hier, ein paar Verdächtigungen der häuslichen Gewalt dort, viel zu viel Verantwortung und zwischendurch ab und zu Lebensgefahr. All das reichte doch noch lange nicht aus, um aus mir das zu machen, was ich wurde. Oder doch? Ich verlor jeglichen Anhaltspunkt dafür, was normal war. Bis mich die Wahrheit fast überfuhr, dass hier gar nichts mehr normal war.«

Diese Worte sagte ich zum ersten Mal in der Klinik. Schöne Kunst hing an der Wand, während ich aus dem Nähkästchen plauderte. Das sollte wohl die Stimmung aufhellen. Sie saßen mir gegenüber und sagten, es sei jetzt schon abzusehen, dass ich länger bleiben musste als die meisten Patienten. Sie sagten mir auch, dass sie mich nicht auf die herkömmliche Weise behandeln konnten, wenn mein BMI noch weiter absinken würde. Dann wären erst mal andere Schritte notwendig, bevor wir die Depression angehen könnten.

Ich war also nicht mal in dieser Einrichtung der Durchschnitt?

←

Irgendwann habe ich aufgehört, die Vorfälle oder die Vorwürfe zu zählen. Die Alarmbereitschaft ist zum unwohlen Dauerzustand geworden. Die Sorgen und Ängste haben es sich längst in meiner Schädelinnenwand bequem gemacht. Sie sind immer da und sie sind so laut. Panikattacken gesellen sich dazu. Wenn ich ganz allein bin, greifen sie am liebsten an.

Jeder andere Mensch würde sich krankmelden. Ich hingegen kann nicht abwarten, jeden Morgen die Glastüren zur Agentur aufzustoßen. Der Duft der Kaffeemaschine weht mir mit seiner tröstenden Umarmung entgegen. Ich höre die vertrauten gedämpften Schritte auf dem Flur. Der Bürohund kommt mir hechelnd entgegen. Seine Besitzerin fragt mich mit leichter Stimme, wie mein Wochenende war. Ich würde am liebsten das ganze Gebäude umarmen. Jeden Morgen wieder. Das hier ist der einzige Ort, an dem ich abschalten kann.

Aller Optimismus hilft nicht, die Realität zu ändern.

Ich kann nicht mehr, ich bin kaputt.

Als ich morgens kaum noch aus dem Bett komme, ist Georg einverstanden, dass ich ohne ihn auf Reisen gehe. Das wollte ich schon lange mal erleben.

Kaum bin ich weg, tue ich nur noch das, worauf ich Lust habe. Nichts und niemand anderes ist wichtig! Ich gehe Wandern und Schwimmen. Die Aussicht ist atemberaubend. Ich fahre von morgens bis abends Fahrrad, bis ich schwitze. Dann besichtige ich noch zwei verwinkelte kleine Städtchen und mache sogar bei einer Weinprobe mit. Zu guter Letzt lasse ich mich in der Therme einmal komplett auf den Kopf stellen. Ich brauche Erholung, und zwar dringend und mit aller Macht! Mein voller Urlaubsterminkalender schreit mir zwar regelrecht ins Gesicht, dass diese Rechnung nicht aufgeht, doch ich höre nicht zu. Ich bin überzeugt, dass das hier Erholung ist. Es gibt ja nichts, worum ich mich kümmern muss, außer um mich selbst.

Das ist meine Art von Auszeit.

⟶

Ich lag auf dem Sofa meiner eigenen Wohnung. Abendliches Sonnenlicht fiel durchs Fenster, die Stimme aus dem Fernseher war gedämpft. Da lief irgendeine Doku, spielende Kinder flackerten über den Bildschirm. Meine Aufmerksamkeit aber wanderte durch den Raum. Ich sah mir die Dekoration an. Endlich war alles fertig eingerichtet. Es gefiel mir gut. Die Farben, die frisch gestrichenen Wände, das nur dezent angehauchte Chaos, der Duft, alles in meinem Stil. Ich fühlte mich wohl.

Genau das war das Merkwürdige. So viele Jahre lang hatte ich in meinen eigenen vier Wänden nicht durchatmen können. Jetzt tat ich es, und irgendwas daran wirkte falsch. Als sei die Logik der Welt verdreht worden, obwohl sie endlich etwas richtiger war.

Wenn es die Pandemie und den Aufstieg der Remote Arbeit nicht gegeben hätte, würde ich vermutlich immer noch täglich in ein Büro fahren. Wäre das dann plötzlich genauso schwer für mich wie für all die anderen Menschen, die ihr Zuhause als Ort zum Abschalten sahen und den Arbeitsplatz als einen Ort voller Stress und Druck?

Würde es mir schwerfallen, morgens aus dem Haus zu gehen, zur Arbeit? Diese Konstellation kam mir so fremdartig vor. Aber doch, es war so: Der Großteil der Menschheit kam daheim zur Ruhe, im Büro waren sie angespannt. Es gab nur wenige traurige Ausnahmen, über die ich jetzt nicht weiter nachdenken wollte. Das konnte ich irgendwie kaum fassen.

Jetzt ging alles ein bisschen ineinander über, ich wechselte höchstens einmal den Raum innerhalb der Wohnung. Ob ich arbeitete oder Freizeit hatte, mein ganzes körperliches und psychisches Empfinden war etwa gleich: nicht vollkommen relaxt, auch nicht in absoluter Dauerspannung.
Diese Erkenntnis, oder überhaupt über dieses Thema nachzudenken, war interessant. Ich nahm mir vor, darüber bei meinem nächsten Therapietermin zu sprechen. Was bedeutet eigentlich Zuhause? Braucht man ein Zuhause, das Sicherheit und Erholung ausstrahlt, um ein gesunder Mensch zu bleiben? Oder wird das überbewertet?
Ich nahm einen Joghurt in die Hand. Ein bisschen was musste ich noch essen. Das hatte ich allen versprochen. Während ich löffelte, wechselte das Programm im Fernsehen. Gerade lief Werbung für eine Hochzeitsshow. Ich konnte nicht anders, ich musste an den Antrag damals denken ...

←

Er hat sich so viel Mühe gegeben, es ist richtig süß.
Ich belege gerade einen Kurs in der Volkshochschule. Georg meint zu mir mit geheimnisvollem Grinsen, er würde mich heute gerne von der Bahnstation abholen. Damit wir gemeinsam einen Spaziergang nachhause machen können, ist seine Begründung.

Ich steige aus dem Zug. Da steht er nun vor mir, in seinem schicksten Anzug, mit strahlenden Blumen in der Hand und mit einem noch viel schöneren Ring, der wie angegossen passt. Da muss Annika im wahrsten Sinne ihre Finger im Spiel gehabt haben ... Erst wundere ich mich noch über die Location, die er hierfür gewählt hat. Dann dämmert es mir: Er hat mich schon so oft von Bahnstationen abgeholt, als wir noch unsere Fernbeziehung geführt haben, dass Gleise für uns ein besonderer Ort geworden sind. Als mir das klar wird, muss ich lächeln.

Ich springe dem schönsten Mann des Landes in die Arme und sage ja.

Ich sage es mit voller Überzeugung, aber nicht nur aus Liebe. Die ist ganz klar da. Aber für die braucht man weder Papiere noch eine Zeremonie. Da sind noch andere gute Gründe für eine Ehe, zum Beispiel Pragmatismus. Allein, dass mir die Ärzte jetzt alles verraten dürfen, oder sogar müssen, war ein Vorteil.

Er ist unschuldig, sage ich mir immer dann, wenn ich an unserer Zukunft zweifle. Es sind diese Urtriebe, die in jedem von uns stecken, auch in mir! Er kann nichts dafür. Georg ist ein wundervoller Mensch. Er ist gut in seinem

Job, und er sieht gut aus. Er schätzt, was ich für ihn tue. Meistens jedenfalls. Er liebt Sport und die Natur, so wie ich! Er lebt wieder gesünder. Gut, es ist wieder etwas schlechter geworden, er trinkt wieder. Aber ist das nicht menschlich? Ich will nicht so engstirnig sein. Er hat diesen einmaligen Charme und so ein schönes Lächeln. Er kommt mir bei allem entgegen, was in seiner Macht steht. Zum Beispiel muss ich kaum noch putzen. Und er lässt mich allein verreisen. Das kann nicht jede Frau von sich behaupten. Wir vertrauen einander. Er ist meins und ich bin seins. Ich bin Teil seiner Familie geworden. Ich habe meinen Platz gefunden. Sie können mir den letzten Nerv rauben und sind doch so wichtig geworden. Vor allem: Sie kennen die Wahrheit. Bei ihnen muss ich mich nicht verstecken und nicht lügen. Ich bin frei. Da ist es doch nebensächlich, dass sie seinen Wunsch auf Schweigsamkeit unterstützen und ich davon krank werde. Das ist doch alles nur ihrem Sohn zuliebe. Und Georg, der weiß tief im Inneren, dass er mich braucht. Ohne mich wäre er verloren. Wir gehören einfach zusammen.

Ja, ich hätte in diesem Moment die Möglichkeit, die Reißleine zu ziehen. Mich gegen die Liebe und für mich selbst zu entscheiden.

Doch ich komme zu der Erkenntnis, dass es wahre Liebe ist und diese stärker ist als mein Selbsterhaltungstrieb.

Wir geben uns also nur drei Wochen nach seinem Antrag das Jawort, in einem kleinen, gemütlichen, unkomplizierten Rahmen. Von jetzt an heiße ich Clara Jost und bin endlich Georgs Frau. Auf den Fotos strahle ich, denn es ist ein wundervoller Tag gewesen.

→

»**S**ie sagen, Sie hätten damals die Reißleine ziehen können? Was meinen Sie damit?«

Ich saß auf dem weichen Sofa, die Beine überkreuzt, angespannter, als ich es sein wollte. Sonst beruhigte es mich, hier zu sein. Dieses spezielle Thema brachte aber besonders viele Schuldgefühle hoch. Die Gedanken darüber, dass ich Georg aus purem Egoismus verlassen wollte ... tatsächlich verlassen hatte ... ich mochte sie manchmal nicht.

»Ich hätte damals schon mehr auf meinen Körper und meine Psyche hören und mich trotz Liebe gegen ihn entscheiden können. Aber so was ist ja nie leicht, vor allem, wenn die Gefühle noch echt und so stark sind.«

Ich war bereits reflektiert genug, um zu wissen, wie all das meinen Körper beeinflusst hatte. Die wiederkehrenden Albträume. Das unregelmäßig schlagende Herz. Die nicht enden wollenden Kopfschmerzen vor Stress und Schlaflosigkeit. Sogar die Sehstörungen, weil die Seele nichts mehr von der Welt wissen – oder eben sehen – wollte. All das hätte ich nicht erleiden müssen, wenn ich früher gegangen wäre. Aber wäre ein gebrochenes Herz weniger schmerzhaft gewesen?

Frau Hirschberger spiegelte meine Körperhaltung. Tat sie das bewusst, um mir noch mehr Vertrauen und Sympathie zu geben? Ich musste zugeben, manchmal überanalysierte ich die Psychologie inzwischen.

»Wie haben Sie es dann am Ende geschafft, doch zu gehen?«

»Habe ich nicht. Es war schon zu spät.«

»Aber Sie sind doch inzwischen von Georg getrennt. Sie reden über alles in der Vergangenheitsform. Ich weiß, dass Sie es geschafft haben.«

Ich druckste herum: »Ja schon. Aber viel zu spät. Nicht viel länger, und ich wäre vielleicht nicht mehr hier. Entweder aus gesundheitlichen Gründen oder …« Kurz stockte ich. »Oder aus anderen. Es hätte nicht viel gefehlt. Finden Sie nicht, dass es also eigentlich schon zu spät war und ich früher hätte gehen müssen?«

»Frau Ritter, es ist wie im Flugzeug mit den Atemmasken. Man muss erst selbst sicher sein, bevor man für andere da sein kann. Sie haben es richtig gemacht, und es war genauso richtig von Ihnen, lange Zeit auf Ihr Herz und die Liebe zu hören. Das ist unsere Natur. Seinen Partner wegen kleiner Schwierigkeiten direkt zu verlassen, halte ich auch nicht für richtig. Wenn Sie mich ganz persönlich fragen. Aber es gibt diesen Punkt, und Ihre Symptome sprechen dafür, an dem Bleiben zu einer Gefahr wird. Im Zweifel für beide Parteien.«

Das wusste ich nur zu gut.

Auf dem Heimweg von der Therapie machte ich einen Zwischenstopp. Der Lack des Wagens glänzte endlich wieder. Ich stemmte zufrieden die Hände in die Hüften. Diese Wäsche war dringend nötig gewesen! Jetzt noch schnell hier einen Euro einwerfen und mit der Innenwäsche fortfahren. Man sagt doch, ein aufgeräumtes und sauberes Haus steht für eine aufgeräumte und saubere Seele. Das gleiche galt für Autos. Man merkte im Alltag gar nicht, wie schnell alles zustaubte, wie viel Müll liegen blieb, wie es immer stickiger wurde – also bei beidem, in der Psyche und im Auto.

Ich nahm den Staubsauger in die Hand, öffnete die Tür und tat, was ich lange aufgeschoben hatte. Der Dreck verschwand, es war ein befriedigendes Gefühl. Bis mein Blick auf die Delle in der Tür fiel. Auf der Beifahrerseite, hinten. Deswegen sah ich sie nur selten. Doch immer, wenn ich sie dann doch mal wieder zu Gesicht bekam, musste ich an diese Autofahrten zurückdenken. Es waren so verflucht viele gewesen! Bei einer war diese Delle im Blech entstanden ...

←

Der Tag hat so kommen müssen. Irgendwann steht die nächste Autofahrt an, bei der ich theoretisch über die Autobahn fahren muss. Mit Augenringen des Todes schleppe ich mich zum Wagen. Bitte, zwingt mich nicht! Meine Bewegungen sind träge. Die Angst hat sich in meine Schultern hinein gekrallt. Sie will die ganze Zeit rechts ranfahren, will hupen, schreien, am besten gar nicht erst losfahren. Aber ich muss. Ich werfe mich gedanklich mit meinem ganzen Gewicht auf die Angst, drücke sie zu Boden wie damals Georg. Da geht sie einen Kompromiss mit mir ein: Ich werde diese Fahrt überstehen, wenn ich nur Landstraßen nehme. Dort kann ich anhalten. Dort fahren keine Lastwagen mit über hundert Stundenkilometern. Ich kann sogar jederzeit umkehren. Der Umweg würde zwar zwei Stunden länger dauern, doch das nehme ich in Kauf. Nur so wird mich meine Angst in Ruhe fahren lassen.

Es kommt, wie es kommen muss. Nach anderthalb Stunden durch Wiesen, Felder und Dörfer spürt Georg »es«.

Ich halte auf einem Wanderparkplatz. Heute habe ich Georg auf den Rücksitz verfrachtet, was wir beide hassen. Es ist entwürdigend. Jetzt rennt uns die Zeit bis zum Termin davon. Ich bin nur noch genervt. Mein Mann führt derweil einen körperlichen Streit mit der Autotür. Erst als sie eine dekorative Wellenform angenommen hat, lässt er sie in Ruhe. Ich versuche zu ignorieren, dass das mein Auto ist, das er gerade demoliert. Aber die Wut in mir wird heißer. Bald wird sie kochen. Am liebsten würde ich ihm eine verpassen. Dass es zu umständlich ist, mich umzudrehen, ist das Einzige, was mich davon abhält. Zu allem Überfluss ist es auch noch dunkel geworden und ich so furchtbar müde. Der Sekundenschlaf und die liebe Angst sitzen mir nun beide im Nacken. Ich kämpfe, während Georg längst eingeschlafen ist. Leises Schnarchen dringt nach vorne. Es ist nicht fair.

⟶

Mit dem frisch gesäuberten Auto fuhr ich weiter nachhause. Es wurde dunkler, die Ampeln strahlten alarmierend hell. Die Delle hinten im Blech hatte ich schon wieder aus meinen Gedanken verdrängt. Jedenfalls versuchte ich es. Stattdessen hörte ich dem Song zu, der gerade auf meiner Playlist lief. Diese Zeilen, sie erinnerten mich an einen Abend, der sich lange nach der eigentlichen Tragödie ereignet hatte. Unserem zweiten, noch viel größeren Schicksalsschlag. Damals lief dieser romantische Song auch, denn ich hatte ihn extra eingeschaltet. Die Erinnerungen spielten sich fast wie ein Musikvideo vor meinem inneren Auge ab, während ich in die Einfahrt fuhr und den Motor ausschaltete.

←

Es ist ein ruhiger Abend. Mal wieder. Georg setzt sich vorsichtig auf unser Sofa. Am Bein trägt er noch immer einen Verband. Ich räume sofort das Sofa frei, damit er mehr Platz hat. Eine Zeitschrift, eine leere Chipstüte, zwei Taschentücher. Igitt. Dabei fällt mir auf, dass der Bezug der Couch dringend gewechselt werden müsste. Die Abnutzung, die Sitzkuhlen, die Flecken – dieses alte Möbelstück ist zum Zentrum unserer Existenz geworden, und es ist ihm anzusehen. Als alles freigeräumt und ordentlich ist, stehe ich davor, regungslos. Georg sieht mich fragend an. Meine Gedanken wandern über das Sofa herum und unter die zerzauste Wolldecke. Ich kann mir bessere Gründe vorstellen, aus denen sie abgenutzt sind, als ständig nur auf den gleichen Stellen zu sitzen. Meine Sehnsucht nach Körperkontakt wächst. Kuscheln mit ihm ist schön, wunderschön sogar. Aber genügt es für die Ewigkeit?

Ich verliere mich in unzensierten Gedanken, bis es irgendwo piepst. Warte, das ist der Ofen. Der Auflauf ist fertig.

Wir essen, heute recht schweigsam. Danach suche ich einen romantischen Film heraus, mit ein paar besonderen Szenen. Georg scheint angetan. Ihm gefällt die Atmosphäre. Mir auch. Ich habe den Film schon gesehen, aber umso besser, dann kann ich mich intensiver auf den Mann neben mir konzentrieren. Als die romantischen Szenen anfangen, nehme ich seine Hand und drücke sie leicht. Wirklich nur ganz sanft. Zu groß ist die Angst, seinem geschundenen Körper wehzutun. Ich streichle über seine Handfläche. Er lehnt seinen Kopf in vertrauter Weise an mich. Das ist immer schön. Ich drehe meinen Kopf leicht in seine Richtung und sehe ihm in die Augen. Wir küssen uns. Der Kuss ist fürsorglich.

Leidenschaftlich ist er nicht.

Das ist nicht, was ich wollte.

Ich wechsle vom Film zu einer gefühlvollen Musikplaylist. Noch bevor Georg etwas dagegen sagen kann, stehe ich auf, dimme das Licht und wage es tatsächlich, zwei Kerzen anzuzünden. Wir haben die Romantik in unserem Leben so vernachlässigt, sie fehlt mir. Dann krieche ich zurück unter die Decke.

Georg sieht mir bei allem zu. Ich hätte mir ein lustvolles Lächeln von meinem hübschen Mann erhofft. Stattdessen schlagen mir Unsicherheit und Verwirrung entgegen.

Er kann sich denken, was ich da tue, und fühlt es nicht. Ich muss mir eingestehen, ich fühle es auch nicht. Aber ich will. Also greife ich auf einen Trick aus der Psychologie zurück. Man wird doch glücklicher, wenn man lacht, egal, wie man sich vorher gefühlt hat. Warum soll das nicht auch bei Sex funktionieren? Vielleicht kommt die

Lust ja zum Vorschein, wenn man entsprechende Dinge tut.

Ich lege die Decke um meine Schultern und setze mich auf Georgs Schoß. Es ist schön warm. Ich küsse ihn leicht am Hals. Seine Muskeln entspannen sich. Das ist ein guter Anfang. Für einen kurzen wundervollen Augenblick spüren wir es beide. Wir haben die Augen geschlossen, halten uns eng im Arm, küssen uns intensiv, wollen mehr. Meine Gedanken werden samtig weich und intensiv rot. Zufällig öffnen wir beide die Augen im gleichen Moment. Und darin sehe ich Schmerz, versteckten Schmerz.

Kann es sein, dass er die Wunden spürt und sie mir zuliebe unterdrücken will?

Bitte nicht!

Es fehlt mir so sehr und ihm auch. Eigentlich. Aber die Medikamente und all die Verletzungen und Verbände … irgendwie ist es komisch. Falsch, verkrampft, absurd. Fast muss ich lachen.

Was zum Kuckuck tun wir hier? Habe ich wirklich Kerzen aufgestellt? Wie dumm von mir, die muss ich sofort auspusten!

Ich steige vorsichtig von seinem Schoß. Zu all den anderen Gedanken kommt noch das Gefühl hinzu, als hätte ich gerade meinen besten Freund geküsst. Wir kichern beide wie Jugendliche. Was für eine Situation.

»Tut mir leid.« Ich will über den Moment lachen, doch das Lachen bleibt mir im Hals stecken.

Georg schüttelt den Kopf und zieht die Decke höher.

»Komm wieder hier drunter«, sagt er. »Wir gucken einfach den Film weiter, der war schön.«

Ich muss erst mal ins Bad, brauche kühles Wasser und einen Augenblick nur für mich. Dann werde ich zurückkommen und das Beste aus dem Abend machen. Wie schon so oft.

Es ist irgendein Mittwoch, lange vor den wirklich heftigen Verletzungen, keine Ahnung mehr, welcher. Ich komme heim. Die Panikattacke, die ich noch vor zehn Minuten gehabt habe, ist mir nicht anzusehen. Denke ich. Das Erste, was ich jedoch in der Wohnung sehe, ist mein zerstörtes Tablet. Dann Georg. Seine Hand ist verbunden, das wundert mich nicht. Die Tränen kämpfen sich nach draußen. »Tut es arg weh?«, frage ich und meine mich irgendwie selbst als Adressatin der Frage. Die Antwort ist: »Ja, es tut verdammt weh.« Ich starre auf das elektronische Gerät. Splitter, Risse, herausgefallene Displaystücke, ein klein wenig Blut. Ein Designentwurf von mir ist noch irgendwo im Hintergrund zu sehen. Er zeigt unter anderem ein Stockfoto mit einem Liebespaar. Jetzt sieht es aus, als sei das Bild zerbrochen. Der Ausschalter des Tablets funktioniert noch. Das Abbild des in tausend Teile zerbrochenen Paares wird dunkel und verschwindet. Jetzt spiegelt sich mein fremd gewordenes Gesicht darin. Ich sehe so fertig aus. Hinter mir tritt Georg näher. Wir sehen uns beide in dem, was von der Scheibe übrig ist. Unser Abbild ist verzerrt und zerrissen.

An diesem Abend weine ich, als wir schweigend die nächste Serie im Streaming starten. Aus dem unsagbar dämlichen Grund, dass der Hauptcharakter ein so unfassbar aufregendes Leben lebt. Im positiven Sinne. Was er da erlebt, das will ich auch! Ich versuche, meinen Tränen zu verstecken. Aber Georg kennt mich zu gut, er merkt es.

»Was ist los? Immer noch wegen dem Tablet? Ich ersetze es dir.«

Ich schüttle den Kopf, kann und will nicht reden. Vergiss das Tablet, es gibt wichtigere Themen. Urplötzlich wird mir warm. Ich strample die Decke von mir. Fast werfe ich dabei ein Glas auf dem Tisch um. Ein Schock schießt durch meinen Körper. Habe ich geschrien, oder ist das Einbildung? Ich atme schwer. Dabei wäre nicht mal viel passiert. Die Wand des Glases ist dick, und darin befindet sich nur Wasser. Trotzdem zittere ich hemmungslos. Georg sagt nichts. Er legt seinen Arm um mich, drückt mich näher an sich heran. Sein Herzschlag pocht laut an meiner Schläfe. Mein schlaffer, vibrierender, weinender, lachender Körper versinkt in seiner Umarmung. Wir sagen nichts, sondern schluchzen und verstehen nur.

In dieser Nacht liege ich wach. Ich frage mich zum ersten Mal offen und ehrlich, wie lange ich noch durchhalten werde. Zu einem Schluss komme ich noch nicht.

Am nächsten Morgen sehen mich meine männlichen Kollegen vor dem Rechner kauern. Ich bin kaum noch ansprechbar.

Meine Teamkollegen stoßen sich gegenseitig an und raunen mir zu: »Na, harter Valentinstag gestern? Immer noch am Schwächeln?«

Ich verstehe nicht, was sie meinen, will es auch gar nicht. Dann dämmert mir, dass heute der 15. Februar ist. Ich nehme wahr, wie ich nicke. Wie gerne würde ich ihnen die Wahrheit ins Gesicht schreien. Dass nichts von dem passiert ist, was sie denken. Mein Mund öffnet sich schon, die ersten drei Wörter kommen heraus, aber dann wechselt der Satz die Richtung und wird zur nächsten dummen Ausrede. Die Jungs grinsen sich gegenseitig an. Einer meint: »Ja, ist klar. Sag uns doch, dass ihr 'nen schönen Abend hattet.«

Ein anderer will wissen: »Warum bist du denn so gereizt? Hat er dir nichts geschenkt?«

Sie halten sich für witzig. Ich will sie eisern ignorieren, doch dazu komme ich gar nicht mehr. Mein Handy vibriert. Ist das Georg? Oder der Notarzt?! Seine Schwester oder wieder Nadine? Die Polizei? Mein Blick jagt durchs ganze Büro, während meine Finger nicht mit dem Entsperren des Smartphones klarkommen. Darf ich das gerade überhaupt auf laut haben? Ich werde bestimmt Ärger bekommen. Ich gehe trotzdem ran. Das kann wichtig sein, lebenswichtig. Das ist nur ... warte, was? Unser Internetanbieter? Ist das ein Werbeanruf? Das Handy fällt mir aus der Hand, genau in den Papierkorb. Ich renne zur Toilette, während das Hyperventilieren anfängt.

Ich kann nicht mehr, ich will nicht mehr. Stumme Blicke folgen mir, und meine Chefin meint, so langsam zu verstehen. Einen Scheißdreck versteht sie, bis ich ihr fast ein ganzes Jahr später von der größten Katastrophe meines Lebens erzählen muss.

5. Kapitel

Draußen herrschten minus fünf Grad Celsius. Vor dem Bürogebäude sah alles etwas grauer aus als sonst. Eiskristalle klebten außen an der Scheibe, während sich auf der Innenseite noch die letzte übriggebliebene Weihnachtsdeko befand. Der Schreibtisch neben mir war leer, weil der Mitarbeiter, der sonst dort saß, heute krank war. Esther, meine andere Sitznachbarin, fächerte sich mit einem Papier Luft ins Gesicht.

Ich hatte die Heizung auf Stufe Fünf hochgedreht. Anders hielt ich es hier drin nicht aus. Der Wollpullover und mein endlos langer Schal überdeckten mühevoll das, was von meinem Körper übriggeblieben war. Da war nicht mehr viel, was mich warmhalten konnte im Winter. Esther war anders gebaut als ich. Sagen wir so, sie war nicht dick, sie war die Gesunde von uns, aber wenn ich aussehen würde wie sie, wäre ich in einen Heulkrampf ausgebrochen. Esther hatte sogar ein schönes, warmes, sättigendes Mittagessen gegessen und trank zum Nachtisch einen süßlich duftenden Tee mit Zucker. Jetzt war ihr warm. Deswegen bestand sie darauf, die Heizung herunterzudrehen und das Fenster zu öffnen.

»Ich will nur kurz Stoßlüften«, beteuerte sie. »Ich mache das Fenster gleich wieder zu. Bitte, Clara, man erstickt doch hier drin.«

»Nein, bitte nicht, mir ist kalt, und ich will nicht auch krank werden.«

»Nur für wenige Minuten, zieh doch so lange deine Jacke an.«

Die nette Frau mit dem Foto ihres Hundes auf dem Schreibtisch stand auf. Ich war seit dem Wort »Fenster« gedanklich nicht mehr in unserem Büro. Meine Finger krallten sich in das Mousepad. Um Haaresbreite verfehlter Asphalt, vibrierender Strom, Krankenhaus. Die Szene, wie ich schreiend und weinend die Seelsorgerin aus der Wohnung jage. Ich hörte, wie das Fenster geöffnet wurde. Mir wurde so schlecht, dass ich mich instinktiv über den Mülleimer beugte.

»Esther, bitte nicht.«

Mehr konnte ich nicht sagen. Noch einmal hörte ich, wie der Griff benutzt wurde. Jetzt stand das Fenster komplett offen, die Heizung wurde heruntergedreht. »Schau mal, wie schön es draußen ist«, seufzte Esther erfrischt. Sie atmete die kalte Luft tief ein. Ihre Brille beschlug ein wenig.

»Verdammte Scheiße, lass mich mit deiner Aussicht in Ruhe! Die geht mir sonst wo vorbei, und ich habe gesagt, MACH NICHT DAS VERFLUCHTE FENSTER AUF! Wisst Ihr was, Ihr könnt mich alle mal!«

Ich rannte aus dem Zimmer. Dabei trat ich so fest gegen den Kopierer, wie es meinem schwachen Körper möglich war. Die ganze verschissene Wut musste raus. Mit den

Fäusten schlug ich an die Wand und schrie. Esther sog wieder die Luft ein, und dieses Mal hörte es sich nicht erfrischt an. Georg fiel aus diesem Fenster, das sie gerade geöffnet hatte, wieder und wieder und wieder. In Dauerschleife schlug er auf dem Boden auf. Seine Knochen splitterten in tausend Teile. Ich sah einen Helikopter zwischen meinen Tränen davonfliegen. Ein Flur flog an mir vorbei, und der Boden brach weg. Ich wollte mich abstützen, doch ich erwischte nur einen Pappaufsteller voller Werbebroschüren. Er faltete sich mühelos unter mir zusammen, obwohl ich doch so leicht geworden war. Papier klebte mir an den Händen, als ich mich aufrappeln wollte. Ich konnte aber nicht aufstehen, ich bekam nicht genug Luft. Die Kopfschmerzen dröhnten, so sehr weinte ich. Eilige Schritte erklangen hinter mir. Außerdem zwei Stimmen, die eine gehörte Esther, die andere unserem Buchhalter. Der Name Emma fiel. Das war unsere Chefin. Ein Telefonat hinter einer Tür wurde beendet. Irgendwer klang besorgt. Bis sie bei mir war, war ich im Treppenhaus angekommen. Hier war es noch schweinekälter als im Büro. Vor lauter Zittern konnte ich nicht mal mehr richtig sehen. Plötzlich spürte ich eine warme Hand auf meiner Schulter. Emmas erstes Rufen nach mir hatte noch verärgert geklungen. Jetzt sagte sie meinen Namen noch einmal deutlich weicher.

Die Worte, die sie aussprach, hielt ich zuerst für einen Fiebertraum: »Clara, willst du in mein Büro kommen? Wir machen uns einen Tee, und dann erzählst du mir, was los ist. Du brauchst keine Angst zu haben, ich will nur, dass du ehrlich bist. Sonst können wir dir hier nicht helfen. Ich will eine meiner besten Designerinnen nicht verlieren.«

Ich dachte gar nichts. Ich ließ mich in ihre Arme sinken, als wäre sie meine beste Freundin – oder meine Mutter. Für eine undefinierbare Zeit blieb ich so sitzen und dachte nur darüber nach, wie merkwürdig die Situation war. Ein Angestellter der Versicherung ein Stockwerk unter uns lief grüßend nach oben zum Raucherbalkon. Ich wischte mir das Gesicht nicht ab, sondern blieb einfach so sitzen. Kurz nickte ich ihm zu, mit einem schwachen, aber ehrlich gemeinten Lächeln. Mascara war über mein ganzes Gesicht verteilt. Aus irgendeinem Grund musste er auch schmunzeln.

Bei Emma im Büro wurde mir endlich warm. Meine Chefin ging für mich in den Aufenthaltsraum und holte die Decke, die dort seit Ewigkeiten auf dem Sofa lag. Immer hatten wir Scherze gemacht, dass sich dort irgendwann jemand von uns ausruhen und versehentlich einschlafen würde. Jetzt gab sie die Decke mir, und ich klammerte mich daran fest. So saß ich meiner Vorgesetzten gegenüber. Wie jedes Mal, wenn ich auf diesem Platz saß, erwartete sie etwas von mir, aber heute war es keine Leistung. Jetzt war der Moment.

»Dir ist wahrscheinlich längst aufgefallen, dass irgendwas nicht stimmt.« Ich lachte nervös auf. »Was mache ich mir vor? Weißt du, das mit dem Fahrradunfall von meinem Mann, das war kein Fahrradunfall.«

Ich sah hoch zu Emma. In ihrem Gesicht war alles ruhig. Sie sah mich einfach nur an, trank ihren Tee und ließ mich reden.

»In Wahrheit ist er von unserem Dach gefallen und wäre fast an den Verletzungen gestorben. Aber das Schlimmste ist, dass ich schon jahrelang vorher die Angst hatte, dass genau so was passiert und ich schuld sein würde. Es gab immer wieder so Situationen. Was er hat, ist schlimmer, als ich hier je zugegeben habe. Es ist potenziell tödlich. Und deswegen bin ich so müde.«

Ein kleiner Hauch von Schock und Unverständnis huschten über Emmas Gesicht. Mir wurde klar, dass ich präziser werden musste. Also saß ich fast eine Stunde bei ihr und fing weiter vorne an.

←

Der Tag beginnt wie jeder andere zu dieser Zeit. Noch ahne ich nicht, wie viel schlimmer er werden wird als die anderen. Die Sonne strahlt gleißend hell vom Julihimmel. Am Mittag erhalte ich eine Nachricht. Nadine fragt mich, ob wir nach der Arbeit zusammen was machen wollen. Das Wetter müsse man nutzen, sie will raus und so, schreibt sie. Ich starre eine Weile auf mein Handy. Mein Blick ist ausdruckslos. Ich sollte lächeln bei so einer netten Einladung mit Sonnen-Emoji. Solle ich zusagen? Ich möchte so gerne ... aber es geht nicht. Ich sage ab. Schweren Herzens und mit ein bisschen Wut auf mich selbst, weil ich mir schon wieder eine Chance auf Ablenkung zerstört habe.

Aber die Angst ist inzwischen unerträglich. Sie hält mich im Schatten gefangen. Jederzeit könnte etwas passieren. Entweder Georg wird wieder zum Reptil, oder mich befällt eine meiner Panikattacken. Ich spüre jetzt schon, wie die nächste ihre kalten, dunklen Zähne fletscht und sich anschleicht. Meine Atmung wird schneller, ich hasse meinen Körper dafür. Ich kann nichts dagegen tun, nichts hilft wirklich. Also vereinsame ich lieber weiter. Ich könnte heute einen Krimi auf dem Balkon lesen, mit einem Wassereis. Mehr ist nicht drin.

Arbeitstechnisch ist es kein Tag wie jeder andere. Wir haben hohen Besuch aus der Politik. Ich müsste mich auch darüber freuen, es ist immerhin eine große Ehre. Doch das Gefühl der Freude ist mir generell fremd geworden. Es kommt mir vor wie Selbstbetrug. Weil ich doch besser in Alarmbereitschaft sein sollte. Pflichtbewusst gehe ich nach der Arbeit noch tanken und einkaufen. Die ganze Zeit über ist da schon so ein schwer definierbares, unschönes Gefühl. Etwas in meinem Hinterkopf kündigt mir an, dass ich heute Nacht nicht ruhig schlafen werde. Aber ich weiß nicht, was es sein könnte. Es könnte auch der Herd sein, den ich zuhause angelassen habe.

Als ich zur Tür hereinkomme, ist es kein Rauch oder Feuer, was mir entgegenschlägt, sondern diese Stille. Georg, vor dem ich mich verstecke. Dann der zerspringende Toilettendeckel einen Stock weiter oben. Meine Erinnerungen an das, was danach kommt, verschwimmen in der Sommerhitze. Ich höre dieses Klirren, oder ist es mehr ein Krachen? Das Nächste, was ich vor Augen habe, ist mein

Mann, der auf dieser Badezimmer-Fensterbank steht. Ich weiß selbst nicht, was ich tue, als ich ihn am Kragen packe. Ist er eben fast nach hinten gekippt, und ich habe ihn gerade noch festgehalten? Ja, ich glaube, so ist es! Meine Hände werden feucht. Es wird schwerer, Georg festzuhalten, ein fast unmöglicher Kraftakt. Für Millisekunden verspüre ich Erleichterung, als er sich selbst an der Regenrinne festhält. Er steht wieder sicher. Zu früh gefreut. Er zieht sich hoch aufs Hausdach.

Ich komme mir vor wie in einem mies geschriebenen Film: Mein Mann wandelt gerade, ohne klares Bewusstsein, auf einem zwölf Meter hohen Hausdach herum. Eigentlich ist längst alles vorbei, denke ich. Alles dreht sich. Die Luft, wo ist die Luft zum Atmen?

Aber irgendwas muss ich tun, solange er noch lebt. Panisch sprinte ich nach unten, durch das gesamte Treppenhaus. Noch nie bin ich so schnell gewesen. Was jetzt? Es gibt hier kein Trampolin, kein Schwimmbecken, nichts, was seinen Sturz dämpfen könnte. So sehr ich auch überlege, mir fällt nichts ein, bis in meinem Kopf nur noch dumpfe Luft ist. Nutzlos und kopflos laufe ich hin und her.

Trotz aller Machtlosigkeit lasse ich Georg nicht aus den Augen. Wenn ich schon nichts tun kann, will ich wenigstens wissen, was passiert. Mir fällt die Leiter im Keller ein. Doch die reicht höchstens ein Stockwerk hoch. Es ist sinnlos, was ich auch tue. Wann kapiere ich das endlich? Meine Hand zieht das Handy aus meiner Tasche. Ich tue es kaum bewusst, laufe wie auf Autopilot. Ich zittere. Trotz der Hitze. Glaube ich zumindest. Mein Mann nähert sich der Stromleitung. Auf die Idee wäre ich gar nicht gekommen. Irgendwie sehe ich vor meinem inneren Auge nur, wie er versehentlich über den Rand des Daches läuft und stürzt. Ich hätte nicht gedacht, dass er gezielt an die Stromleitung greift, die dort oben verläuft. Bis ich weiß, was geschehen ist, hat mein Instinkt schon den Notruf verständigt. Einerseits habe ich es wie in Zeitlupe gesehen, andererseits kann ich mich schon Sekunden später nicht mehr an den Sturz erinnern. Blut rauscht, irgendwo, wahrscheinlich in meinen Ohren.

Bei der Landung höre ich, wie sein ganzer Körper kaputt geht. Ich bin doch ein empathischer Mensch, eigentlich müsste mir beim Zusehen alles wehtun. Aber in mir ist alles taub. Mir wird schwarz vor Augen, noch während ich den Notruf am Telefon habe. Sagen kann ich schon nichts mehr, und das Nächste, das ich wahrnehme, ist unsere Nachbarin Frau Heller, die mir versichert, dass der Georg noch atme und der Krankenwagen unterwegs sei. Frau Heller ist eine von den Guten. Ich hätte mich ihr früher anvertrauen sollen …

Wieder ist also der Notarzt hier, stelle ich trocken fest. Ekelhaftes blaues Licht flackert in unserer Einfahrt, Menschen laufen durcheinander. Ich höre einen Hubschrauber. Als der Notarzt das letzte Mal hier gewesen ist, hat Georg sich seine Hose ausgezogen. Keine Ahnung, warum mir gerade diese Erinnerung in den Sinn kommt. Ja, mein guter Mann ist manchmal noch ein wenig verwirrt »danach«. Ich hocke zitternd auf dem Boden, sehe nur zu, wie die Notärzte tun, was sie tun müssen. Heute ist egal, ob Georg eine Hose anhat oder nicht. Hauptsache, er hat noch einen Puls.

Die Krankenhäuser im Umfeld sind alle überfüllt, deswegen müssen sie ihn viel zu weit wegbringen. Ich wäre am liebsten gleich mitgeflogen, aber man sagt mir, das gehe nicht. Warum nicht? Zwei Stunden soll ich warten! Bis das Gröbste erledigt sei und sie mehr sagen könnten. Eine Seelsorgerin haben sie mir dagelassen. Ich will sie nicht hier haben. Jeden Tag räumen wir auf, damit genau für solche Momente vorgesorgt ist, und dann veranstaltet der Mann in seinem Instinktzustand ein unfassbares Chaos, und dann sitzt die Psychotante in unserem Wohnzimmer und tut so, als sehe es hier gar nicht schrecklich aus. Sie will mir ein gutes Gefühl geben; auf mich wirkt es ignorant. Ihre Fragen sind zu aufdringlich und zu kompliziert und zu viele. Nicht jetzt, schreie ich nur innerlich. Ich will nichts anderes als allein sein.

Irgendwer hat Georgs Eltern verständigt. Sie kommen aus dem Nichts, sind plötzlich einfach da. Also stehe ich, nachdem ich die Psychotante endlich rausgeworfen habe, mit seinen Eltern in der Wohnung. Bei ihnen könnte ich mich ausheulen. Ich will doch nur, dass sie sich hinsetzen und Ruhe herrscht. Keine Chance. Sie wollen die ganze Zeit die Unordnung aufräumen. Beide wuseln mit irgendeinem Scheiß in den Händen um mich herum und treiben mich in den endgültigen Wahnsinn. Begreifen sie nicht, dass ihr Sohn in Lebensgefahr schwebt?

Irgendwann verfrachten sie mich ins Auto. Jetzt sitze ich auf der Rückbank. So fühlt sich das also an. Wehrlos kauere ich da, bis wir beim Krankenhaus in Halle ankommen. Ärzte reden auf uns ein. Einer sagt, dass Georg noch in der Nacht am Rücken operiert werden müsse, denn sobald er wach wird und sich bewegt, könne er für immer gelähmt sein. Das wäre nicht gut, ist alles, was mir durch den Kopf geht. Die Folgen einer Lähmung will ich mir gar nicht erst ausmalen. Dann spricht der Arzt noch von der Lendenwirbelsäule, dem Oberschenkel, dem rechten Arm, Knien und Jochbein. Ich glaube, sie alle sind zerstört. Auch seine Mutter und sein Vater verlieren jetzt die Nerven, ihnen ist endlich klargeworden, was geschehen ist, doch davon bekomme ich nicht viel mit.

Ich sehe, wie Georg auf seinem breiten Bett durch den Flur geschoben wird. Es ist wirklich wie in diesen Filmszenen, mit der gleichen Unruhe und den mir unbekannten Worten, die durcheinandergerufen werden, und den Eltern, die sich gegenseitig trösten, während ich wieder einmal zusammenbreche und alles wie durch Watte wahrnehme. Es flackert nur kein Licht – das fehlt.

Die Operationen beginnen. Vierzig Stunden durchläuft er, über die Wochen hinweg, insgesamt unter dem Messer. Georg überlebt. Er hat Glück gehabt, wenn man das so sagen kann. Er ist auf einem weichen Hang voller Gras gelandet, nicht auf dem unbarmherzigen Asphaltboden direkt daneben. Sein Zustand ist nach der ersten OP nun etwas weniger kritisch, doch er liegt zwei Wochen im Koma. Fast wünsche ich mir, dass der Reptilienmodus zurückkommt. Dann würde er sich wenigstens wieder bewegen. Als es passiert, nehme ich meinen Wunsch sofort zurück. Es kommt mit voller Wucht, noch während er auf der Intensivstation liegt – und mit »voller Wucht« meine ich, dass er den Stahlnagel in seinem zertrümmerten Oberschenkel verbiegt. So sehr verkrampfen sich die Muskeln zusammen. Auf faszinierende Art erfahre ich, wozu der menschliche Körper fähig ist, wenn alle Kräfte aktiviert werden. Sie spritzen ihm etwas, das vorübergehend sein Bewusstsein ausschaltet und so auch alle Muskeln erschlaffen lässt. Georg ist mal wieder wehrlos, handlungsunfähig. Er tut mir so leid. Sind damit wenigstens auch endlich meine Probleme lahmgelegt? Nein, sind sie nicht.

⸻⟶

Auf der Arbeit war ich für die ersten zwei Wochen danach krankgeschrieben. Eine Erklärung hatte ich kaum abgegeben. Mein Mann liegt im Krankenhaus, und mir geht es auch nicht gut. Das war alles, was ich sagte. Ein netter Arzt schrieb mir mein Attest. In den darauffolgenden Wochen hätte mich auch ein Roboter ersetzen können, es wäre nicht aufgefallen. Ich funktionierte nur nach Plan.

Kaum war Georgs Zustand stabiler, schmiedete die Familie Pläne mit mir. Ich sollte sagen, Georg hätte einen Fahrradunfall gehabt. Inzwischen wussten einige über die grundlegende Situation Bescheid. Doch über die Auswirkungen sprachen wir nicht.

Annika war eine Ausnahme. Sie war fassungslos.

»Willst du herkommen und dich mal ausquatschen?«, fragte meine Schwester liebevoll durch das Telefon.

»Nein.«

»Doch, bitte.«

»Nein, ich kann nicht. Ich muss arbeiten, weil ich schon so lange krankgeschrieben war, und ich muss seinen Eltern helfen, und außerdem würde es nicht helfen, euch als glückliche Familie zu sehen.«

Annika musste schlucken, doch sie akzeptierte es. Sie fragte, warum es noch immer geheim sein konnte. Wie war das möglich? Bekamen seine Arbeitskollegen nichts mit?

Nein, das liebe Schicksal verlegte es fast immer auf die Abende. Man könnte jetzt sagen, es war wie bei einer Erkältung. Die war ja auch immer abends am stärksten, wenn der Körper am schwächsten war. Aber vielleicht hasste uns das Schicksal auch einfach.

Moment, hatte ich Emma das mit meiner Schwester und dem Schicksal gerade auch erzählt? Ich sah vom Teppichboden des Büros hoch in das Gesicht meiner Chefin. Sie schien das, was ich berichtete, noch zu verarbeiten. Zu mir sagte sie: »So langsam ergibt es Sinn. Wir hatten uns schon gewundert, dass du so fertig bist, nachdem dein Mann einen Fahrradunfall hatte. Ich meine, es ist ja ihm passiert, nicht dir, und es war nur ein Unfall. So hast du es auch immer dargestellt, als ob alles harmlos wäre, halb so wild.«

Es herrschte eine kurze Pause zwischen uns.

»*Warum* hast du immer alles so heruntergespielt?«, fragte Emma jetzt. In diesem Satz lag der Hauch eines Vorwurfs. Ich konnte es ihr nicht verübeln.

»Streng genommen dürfte ich immer noch nichts sagen. Er will es nicht. Ich konnte doch nicht dagegen ...

und sie, sie haben alle mitgemacht. Aber das hat es nur schlimmer gemacht.« Ich schluchzte.

Emma lehnte sich in ihrem Stuhl zurück und fragte ruhig: »Wer ist ‚sie‘, und was ist schlimmer geworden?«

Mit »sie« meinte ich Georg, seine Familie und noch ein paar andere wenige Mitwisser. Sie hatten alle fleißig gemeinsam geschwiegen. Und mit »schlimmer geworden« meinte ich das Auflösen meiner Existenz.

So fühlte es sich an. Ich wurde löchriger. Wurde von außen weniger sichtbar und innen leerer.

Warum? Weil mein Leben zu einem einstudierten Theaterspiel geworden war. Ich spielte eine Rolle, die echte Clara war irgendwo in ihr verschwunden. Meine Rolle wusste genau, was sie sagen durfte, sogar, was sie sagen sollte und was lieber nicht. Wenn ich die Kraft dazu fand, lächelte ich. Wenn nicht, erfand ich Gründe dafür, Ausreden. Oder ich erzählte die Wahrheit, ließ dabei aber die wichtigsten Stellen weg.

Wie heißt es so schön? Wenn ein Baum im Wald umfällt und niemand sein Krachen hört, wie sein Stamm durchbricht – ist der Baum dann überhaupt umgefallen?

Ich sprach nicht mehr über mein Leben, nicht wirklich, gab wie der Baum keine Geräusche mehr von mir. Also war ich auch irgendwie ... nicht mehr da.

Wenn ich mal was erzählte und so stolz herumzeigte, war das meist ein gefaktes, geschöntes Leben. Meine Stories hatten vielleicht einen wahren Kern, doch den haben die meisten Sagen und Legenden auch. Es dauerte daher auch nicht lang, bis in der Nachbarschaft oder im Bekanntenkreis Gerüchte die Runde machen. Viele wunderten sich, warum ich so komisch drauf war. Ich hörte nicht hin, wollte nicht anfangen zu glauben, was sie sagten. Doch ich sprach mich auch nicht dagegen aus. Lieber schwieg ich. So wurde ich in unserem Umkreis leiser und zurückgezogener und irgendwann unwichtiger.

Die Arbeit war zwar mein stressfreier Ort, doch es war auch der, an dem ich die größte Maskerade spielte. Erst gestern hatten wir Kolleginnen und Kollegen gemeinsam in der Küche gesessen, Kuchen gegessen, oder in meinem Fall nur Kaffee getrunken, und von unserem Leben erzählt. Von unseren Ehepartnern, manche von ihren Kindern, ihren letzten Urlauben und den geplanten Familienfesten. Ich erzählte auch etwas. Doch meine Geschichte war so verfälscht, dass ich bereits vergessen habe, was ich erzählt hatte. Am liebsten sagte ich gar nichts mehr, dann konnte ich auch nichts Falsches erzählen. Und so stand ich am Ende allein, schweigend in der Teeküche, alle plauderten munter im Büro weiter, ich stand nur da und dachte darüber nach, ob ich vielleicht doch versehentlich etwas Falsches gesagt hatte. Was, wenn ich es einfach nicht mehr gemerkt hatte – weil ich so müde war? Wäre das eine Katastrophe oder wäre es jetzt auch egal?

Ich schwebte gedanklich durch die letzten Wochen und Monate, während ich noch in Emmas Büro saß. Ich teilte sogar ein paar meiner tieferen Gedanken mit ihr, während ich über dieses Existenzthema nachdachte. Doch irgendwann schwieg ich. Sagte wieder, es sei alles nicht so schlimm, ich bräuchte wohl nur ein bisschen Pause. Es sei alles ziemlich stressig gewesen, oder vielleicht wurde ich ja krank. Dann setzte ich ein Lächeln auf, wischte mir die letzten Tränen aus den Augen und lief aus dem Büro. Mein Magen war flau, und ich wusste gar nicht mehr, was heute der Grund dafür war.

Die Monate nach dem Sturz vergingen. Georg erholte sich, nicht zuletzt dank der Reha. Es waren aber nur die körperlichen Wunden, die heilten. In ihm war etwas anderes zerrissen.

In dieser Zeit spürte ich eine tiefe Sehnsucht nach meiner echten »besseren Hälfte«. Ich musste meine Zwillingsschwester sehen! Also trafen wir uns am ersten Adventswochenende. Sie nahm ihren Mann Leo mit.

Während wir durch Ostberlin schlenderten, löste sich ein Knoten. Tausend Zentner Gewicht lösten sich von mir. Zum ersten Mal sprach ich etwas aus, das ich kaum denken wollte. Aber was sollte ich sonst tun? Ich war inzwischen alles Mögliche für Georg: Aufsicht und Managerin, zugleich die untergebene Assistentin, Fahrerin, Familienmitglied, Ersthelferin, Zuhörerin, engste Vertraute, Mitwisserin einer Verschwörung, beste Freundin – aber ich war nicht Georgs geliebte Frau.

»Wisst ihr«, murmelte ich mit den Händen in den Taschen, »Ihr denkt wahrscheinlich, ich bin verrückt. Aber manchmal beneide ich euch für euer Leben.«

»Es ist anstrengend«, antworte Leo trocken. Er hatte seine Mütze tief in die Stirn gezogen.

»Das glaube ich euch! Aber Ihr unternehmt mehr als wir. Annika, du erzählst so oft von Besuch. Und Ihr fahrt jedes Jahr in Urlaub, alle zusammen. Es ist viel, aber Ihr lebt immerhin. Und Ihr seid gleichwichtig in eurer Beziehung.«

Mit jedem Wort wurde ich leiser.

Annika nahm meine Hand.

Nun flüsterte ich fast: »Wir verbringen unseren Abend damit, dass wir uns für keinen Film entscheiden können, bis es zu spät ist, einen anzufangen. Letztlich wegen ihm. Es geht immer nur um ihn. Ich könnte auch was anderes tun.«

Sie schwiegen. Das wussten sie selbst. Wir kamen an einem Weihnachtsmarkt vorbei. Annika und Leo kauften sich Kakao und Waffeln. Ich blieb bei Punsch. Das wärmende Getränk in der Hand gab mir ein Gefühl von Geborgenheit. Während ich aufpasste, mir nicht die Zunge zu verbrennen, wurde ich noch offener. Zum ersten Mal sprach ich aus, dass ich mich nicht mehr wie ich selbst fühlte.

Annika schlug vor: »Wie wäre es mit Therapie? Es gibt so Angebote zur Nachbehandlung von Krisen.«

»Es ist ja nicht nur der Sturz. Das war nur das letzte Bisschen, ich …« Ich brach erst mal meinen Satz ab und musste meine Gedanken sammeln. Mein Magen knurrte, es roch hier überall so gut, doch ich widerstand. Ich musste die Kontrolle behalten, irgendwie! Und wenn es nur bei etwas so Unbedeutendem wie beim Essen war. Das half mir, nicht vollkommen durchzudrehen.

»Ich bin schon längst in Therapie. Aber seit dem Sturz hat sich sogar das Verhältnis zur Therapeutin geändert. Ich kann sie nicht mehr ertragen.«

Annika nickte. Ich fragte mich dabei, warum ich mich nicht häufiger mit ihr traf. Es tat gut, verstanden zu werden. Wir redeten noch weiter über verschiedene Arten von Therapien, was auch gut tat. Doch es wirkte alles so sehr nach Lösungsfindung. Als könnte man wie mit Zauberei alles ungeschehen machen. Mir war klar: Keine Behandlung der Welt würde mein Leben rückwirkend verbessern. Meine Zwanziger waren verloren.

Gab es noch Hoffnung auf irgendwas? Ich meine, wenn es mir irgendwann besser gehen sollte, hätte ich überhaupt Lust auf Feiern und auf andere ‚*junge*‘ Unternehmungen? Oder war der Zug längst abgefahren? Eine weitere Frage drängte nach: Unter welchen Umständen hätte ich noch eine Chance, eigene Kinder zu bekommen? Würde dieser Traum auf ewig unerfüllt bleiben, einfach, weil mir die Zeit entronnen war? Und konnte ich mich jetzt noch für mich entscheiden und gegen Georg, oder war es dafür auch schon längst zu spät, weil es mir allein nur noch viel schlimmer gehen würde? Ich wusste es ja nicht, ich kannte das Leben als erwachsener Single nicht. Was, wenn es keine Hoffnung gab, weil ich nur ein Übel gegen das andere tauschte?

Mein Magen knurrte, während ich über mein Schicksal und meine Zukunft nachdachte. Jeder gesunde Mensch hätte dieses Gefühl unerträglich gefunden. Dieses Gefühl, wenn sich so langsam alles zusammenzieht. Die Leere bis nach oben führt, durch die Speiseröhre, den Hals, bis in den Kopf. Die Gedanken wurden eigentlich irgendwie klarer ... fokussierter, entschlossener. Oder wurden sie schwummriger? So sicher war ich mir da nicht. Vor meinen Augen wurde es wackelig, ich merkte, dass ich unterzuckert war. Doch hinter der Fassade lief jetzt erst recht alles auf Hochtouren. Ein Glücksgefühl durchzog mich bei der Erkenntnis, dass ich es geschafft hatte, sogar auf einem Weihnachtsmarkt auf Essen zu verzichten. Das konnten wirklich nicht alle von sich behaupten, denn hier gab es so viele Versuchungen!

Bei mir war da nur die Vorfreude auf morgen. Am Anfang des Tages war die eine oder andere Leckerei erlaubt, darauf konnte ich mich immer so schön freuen. Und für danach hatte ich schon alles durchgeplant. Für die Mittagspause und das Abendessen mit Georg. Beiden, also meinen Arbeitskollegen und meinem Mann, würde ich jeweils erzählen, dass ich mit dem anderen was Warmes, ‚Richtiges' essen würde. In Wahrheit war sowohl mittags als auch abends möglich, bei Salat und Obst zu bleiben. Schon der Gedanke an meine Zielerreichung in der Zukunft löste Freude in mir aus. Das war etwas Planbares, etwas, das nur mir gehörte und mal nichts mit Georg zu tun hatte oder mit seiner Familie oder meiner oder ... oh, ich war ja noch hier, mit meiner Schwester auf dem Weihnachtsmarkt. Abwesend schweigend war ich neben ihr her getrottet, hatte nicht mal die Schönheit der dekorierten Bäume und Schaufenster bewundert. Das luftig leichte Gefühl in meinem Körper und das Ziehen im Bauch blendete ich aus, als ich ein Klingeln hörte. Das war Annikas Handy. Unsere Eltern waren dran.

Anscheinend wollten sie, dass wir noch vorbeikommen. Das klang nach einer guten Idee. Ich hatte sie so vernachlässigt. Da war nur noch Georgs Familie gewesen. Georg,

Georg, alles war nur noch Georg.

»Wie geht es denn Georg?«, war die erste Frage, die mein Vater mir stellte. »Ich habe den Jungen ewig nicht gesehen.«

»Der ist bei Freunden. Saufen. Aus Frust vermutlich.« Man hörte mir an, wie ich darüber dachte.

»Saufen? Du meinst, sie machen Männerabend und trinken dabei was?«

»Nein. Ich meine es so, wie ich es gesagt habe. Der Männerabend ist ein Alibi.«

Mein Vater gab mir einen vorübergehenden Blick des stummen Verständnisses, dann war er wieder ganz Etikette: »Ach Clara, mein Mädchen. Ich war dabei. Du hast ihm geschworen, ihm beizustehen, in guten wie in schlechten Zeiten. Weißt du noch, eure Hochzeit? Du sahst so glücklich aus. Er hat halt gerade sehr schlechte Zeiten und freut sich bestimmt über dein Verständnis. So ist das Leben. Meinst du, bei uns war es immer einfach?«

←

Die guten Zeiten kommen in meinen Träumen. Je weniger wir uns wie ein Paar verhalten, desto mehr versüße ich meine Träume mit anderen Männern. Manchmal sind es Helden aus Filmen und Büchern. Sie alle wollen mich retten. In einer anderen Nacht sind es reale bekannte Persönlichkeiten, zum Beispiel die Sänger, deren Lieder ich in Dauerschleife höre. Oder mein sehnsüchtiges Unterbewusstsein spinnt sich eigene Traumkerle zusammen. Sie alle tauchen aus dem Nichts in meinem zerfallenden Leben auf und reißen mich ritterlich heraus. Einer sitzt auf einer Mischung aus Pferd und Drache. Oder wechselt es ständig? Träume sind da ja etwas unklar. Den nächsten Mann entdecke ich auf der Tanzfläche. Er lädt mich mit Blickkontakt zu sich ein, und ich komme gern herüber. Oh Gott, wie gerne würde ich mal wieder feiern gehen. Die Augen schließen, mich der Musik hingeben. Magnetisch werde ich von diesem Mann angezogen. Der Wecker reißt mich aus dem Club.

Um mich herum ist alles dunkel. Die einzige »Musik« ist das gedämpfte Bellen des Nachbarhundes und der Regen, der auf das Dach prasselt. Irgendwo hupt ein Auto. Ich sehe zum Schlafzimmerfenster und bin selbst überrascht, dass mir dieser Ausblick heute nichts ausmachte. Keine Flashbacks, keine Atemnot. Einfach nur ein Fenster. Eigentlich ein Symbol der Freiheit. Mich überkommt sogar der Drang, es zu öffnen. Auf Zehenspitzen schleiche ich darauf zu und öffne es tatsächlich. Heute atme ich die Luft von draußen so tief ein wie Esther im Büro. Die Lösung meines Problems ist zum Greifen nah.

So oft hat sich mein ganzer Körper verkrampft vor Angst, dass Georg von innen eine Scheibe zertrümmern könnte, und dann würden entweder ich oder er hinausstürzen und in den Scherben landen. Langsam würden wir an den Schnitten verbluten. Das mit dem Sturz aus der Höhe haben wir hinter uns. Doch die Scheiben sind alle noch ganz. Wäre es nicht aufregend, wenn jetzt ein Superheld von außen käme, das Glas zersplittern ließe, durch die Öffnung schwingt und mich mit sich aus diesem Schlafzimmer holt?

Ich schaue aus dem Fenster in die Ferne. Einzelne Hochhäuser sind zu sehen, das Dach eines Kirchturms. Ein Vogel fliegt frei und unbeschwert durch den frühen Morgen.

Georg wird hinter mir wach. Kaum höre ich seine Stimme, erschrecke ich. Die Bilder von ihm im Koma. Sie sind wieder da. Die Klinik, die Verletzungen, alles. Ausgelöst durch seine pure Anwesenheit und Stimme. Ich schreie auf und springe vom Fenster weg. Ich kann nicht mehr in der Nähe dieses Fensters sein. Zu schmerzhafte Erinnerungen! Ich knalle es zu und springe zurück ins Bett. Georg stellt keine Fragen.

⟶

»Gab es da nicht auch schöne Zeiten?«, wollte Frau Hirschberger wissen. Sie wollte, glaube ich, dass ich mein Leben im Nachhinein nicht so sehr verdammte, sondern auch schöne Erinnerungen zulassen konnte.

»Ja klar«, sagte ich, mit Blick auf meinen nackten Ringfinger. »Grillabende. Davon hatten wir einige. Und Ausflüge. Die Ausrede mit dem Radunfall war nicht weit hergeholt, denn das haben wir oft gemacht.«

»Radfahren?«

»Ja, ganz weite Strecken, mit den E-Bikes und Übernachtungen.«

Frau Hirschberger lächelte.

»Haben Sie davon schöne Fotos, Frau Ritter?«

Ja, die hatte ich. Sie versauerten irgendwo auf einer Festplatte.

Die Therapeutin sagte: »Entsorgen Sie die nicht. Ihre Zwanziger sind nicht verloren. Sie hatten all diese Momente.«

Auch das stimmte.

←

Als »es« das nächste Mal anfängt, warnt er mich wieder vor, aber ich kann das gerade einfach nicht. Der Arbeitstag ist hart gewesen. Heute habe ich mich auf unseren öden Abend vor dem Fernseher gefreut und dann das. Ich spule meine Sicherheitsroutine ab, stelle den Timer und warte. Ob er mir wehtut, ist mir längst nicht mehr wichtig. Hauptsache, er landet nicht wieder in der Intensivstation; ich muss ja meiner Pflicht nachkommen. Als er in seine wehrlose Phase kommt, finde ich es angemessen, ihm mal ordentlich an der Haut zu ziehen. Ja, es soll wehtun. Ich kneife seine Wange zusammen. Er hat mir auch seit Jahren Schmerzen zugefügt. Erinnern wird er sich ohnehin nicht. Ich trete gegen das Sofa, werfe ihm die schlimmsten Schimpfwörter an den Kopf, dann gehe ich einfach unter die Dusche. Ich bin raus. Wenn er allein lebt, muss er auch allein damit klarkommen.

Später liege ich mit nassen Haaren auf dem Bett, scrolle durch mein Handy und denke darüber nach, dass das eine gute Wendung für einen Horrorfilm wäre, wenn ich ihm die ganze Zeit all seine Verletzungen zugefügt und alle Gegenstände zerstört hätte. Ist das hier ein Horrorfilm? Manchmal kommt es mir so vor.

Er ruft zu mir hoch: »Ich bin bei Nico, der will mir ein neues Spiel auf seiner Playstation zeigen.«

Irgendwie weiß ich, dass es eine Lüge ist und er nicht auf dem Sofa zocken, sondern sich in der Bar mit den Jungs betrinken wird. Ich reiße die Tür auf und schreie ihm nach, dass er sich wirklich an gar nichts halten kann, was die Ärzte sagen. Er verdreht die Augen, schnappt sich seinen Schlüssel und geht. Das Krachen der Tür jagt mir wieder die Szenen von seinem Absturz und dem Stromschlag durch den Kopf. Ich kauere am oberen Treppenabsatz und weine. Niemand bekommt es mit. Die Bilder gehen weiter und verändern sich. Jetzt bin ich es, die stürzt. Georg steht neben mir mit einer Schnapsflasche. Er macht sich keine Mühe, den Krankenwagen zu rufen. Stromschlag! Mein Körper bäumt sich auf. Da sitze ich schon wieder im Krankenhaus und starre auf die Tür, hinter der Georg gelähmt und dauerüberwacht festgehalten wird. Seine Schwester taucht neben mir auf. Sie jammert, dass sie ihre letzten Urlaubstage dafür geopfert hat, hier bei ihm sein zu können.

»Ich habe mein Leben hierfür geopfert«, antworte ich ihr roboterhaft.

Entgeisterte Blicke treffen mich. Da ist auch Emmas Gesicht. Es ist voller Enttäuschung. Seit unserem Gespräch habe ich auf der Arbeit Mitwisser. Ich hätte gedacht, damit käme die Erlösung. Sie ist nicht gekommen. Ist es zu spät? Sind sie zu wenig für mich da? Der Alltag geht für alle weiter, niemand hilft mir da durch.

Was tut Georg gerade, in diesem Moment? Sollte ich ihm schreiben, mich entschuldigen? Die Atmosphäre zwischen uns ist erdrückend. Vor ein paar Tagen habe ich schon mal dazu angesetzt, mit ihm Schluss zu machen. Als ich den einen wichtigen Satz aussprechen soll, kann ich nicht reden. Die Wörter drohen, mich zu ersticken. Am nächsten Tag nagt die Angst vor der Einsamkeit wieder an den Innenwänden meines Gehirns herum. Wie ein geschlagenes Tier komme ich zu ihm zurückgekrochen, wortwörtlich, unter die flauschige Decke auf dem sicheren Sofa.

Dann kommt der Lockdown. Als ich das Wort zum ersten Mal höre, muss ich lachen. So also nennt sich das, was ich seit Jahren praktiziere: Am besten immer zuhause bleiben. Wenn, dann nur mit einer anderen Person oder einem Haushalt treffen und nur, wenn man ihnen auch vertraut. Sicherheitsvorkehrungen einhalten, wohin man geht. Häuslich werden und die Welt verpassen. Es gibt nur einen kleinen Unterschied: Jetzt sind alle betroffen.

Die Verbundenheit mit Menschen weltweit durchströmt mich, während ich in die Frühlingstage des Märzes tanze. Und doch ist es zu spät. Ich habe schon zu viel von mir verloren, als dass der Lockdown wirklich wahres Glück bedeutet hätte.

Es kommt auch der Tag, an dem es wieder Lockerungen gibt. Outdooraktivitäten werden plötzlich unglaublich beliebt. Ich will mitmachen. Flaschen klirren zu meinen Füßen, während ich den Fahrradhelm aus der Abstellkammer hole. Ich komme kaum an ihn heran, weil er auf dem höchsten Regalbrett liegt. Mitten in der streckenden Bewegung halte ich inne. Brauche ich ihn überhaupt?

Clara, du willst Mountainbike fahren, raunt mir mein gesunder Menschenverstand zu.

No risk, no fun, lacht ein Teil von mir mit weniger Selbsterhaltungstrieb.

Wenn ich stürze, werde zur Abwechslung ich mal im Krankenhaus liegen und die Umsorgte sein, malt mir diese Stimme weiter die schönsten Bilder aus. Oder ein starker, schöner Mann entlang des Weges leiht mir seinen Helm. Es würde schon genügen, wenn dieser Mann mich darauf hinweisen würde, wie wertvoll mein Leben ist und dass ich es schützen sollte.

Aber ich selbst? Ich erkenne seinen Wert längst nicht mehr. Wenn mich jemand fragen würde, käme ich zu dem Schluss, dass ich den dämlichen Helm nicht brauche.

Zögernd sehe ich das Teil aus Plastik und Schaumstoff an. Würde es nicht mehr Spaß machen, den Wind einmal voll in meinen Haaren zu spüren? Die Wärme der Sonne zu fühlen, während ich halsbrecherisch durch den Wald –

»Clara?«

Georgs Ruf hallt durch die Wohnung.

»Was?«, kommt meine unfreundliche Antwort.

»Ich wollte nur wissen, ob du was von der Dönerbude willst.«

»Oh.«

Wir haben kaum gegessen, er Döner mit Pommes, ich Salat mit Schafskäse, als er wieder zuckend und wehrlos vor mir auf dem Boden liegt. Ich könnte jetzt alles mit dir anstellen, denke ich. So langsam werde ich kreativ, was das angeht. Ich könnte ihn ja mal anmalen, wie Jungs das mit ihren betrunkenen Freunden machen. Wie wäre es mit »verantwortungsloser Säufer und Gefahr für die Allgemeinheit« quer über der Stirn? Zu lang?

Ganz gleich, wie feindselig meine Gedanken werden – mein verrottendes Herz macht sich Sorgen, und mein Hirn ist in seinem Pflichtbewusstseinszyklus gefangen. Also muss ich den Timer starten. Fünf Minuten. Dann muss Hilfe gerufen werden.

Mein Handy hat keinen Akku mehr, hängt Gott weiß wo in der Wohnung am Kabel. Allerdings liegt das von Georg direkt neben mir. Ein Glücksfall? Ich kenne den Code für genau solche Notfälle. Ich entsperre es und stoppe die Zeit. Bei einer Minute und zweiundzwanzig Sekunden erhält Georg eine Nachricht. Von einer Jenny. In der Vorschau sind nur die ersten drei Worte zu lesen: *Hallo mein Süßer*.

»Du Arschloch!« Ich schreie den Mann an, der ohne klares Bewusstsein neben mir liegt.

»Hältst du mich für blöd? Tja, nur zu gut, dass ich innerlich schon mit dir abgeschlossen habe.«

Er hustet und spuckt. Es klingt, als müsse er ersticken.

Ich lehne mit dem Rücken an der Wand und scrolle durch die Nachrichten. Schön, ein Bild von Jenny im BH.

Ich werfe genervt ein Kissen auf ihn. Georg röchelt, sein Kopf zuckt, als ich ihn mitten ins Gesicht treffe.

»Kannst du einmal aufhören, halb zu sterben und mir zuzuhören, wenn ich mit dir rede?«

Keine bewusste Reaktion.

Bis er wach wird, bin ich fort. Ich brauche Luft. Also laufe und laufe ich, bis es dunkel wird, querfeldein, ohne mein Handy, das hängt immer noch am Ladekabel. Der Bürgersteig endet, ich laufe trotzdem weiter die nächtliche Landstraße entlang. Ohne ein Ziel. Als mir ein Auto entgegenkommt, starre ich wie ein Reh reglos in seine Lichter. Das Auto fährt auf der anderen Straßenseite, wer weiß, was sonst passiert wäre. Als das blendende Licht verschwunden ist, entdecke ich den Waldweg seitlich von mir. Ich biege ein, Blätter und Zweige rascheln. Heulen da Wölfe? Es wäre so spannend, diese Tiere aus nächster Nähe zu sehen. Tiefer und tiefer laufe ich in das knackende Unterholz hinein, ohne zu wissen, warum. Alles, was ich brauche, sind Bewegung und Freiheit, einen klaren Kopf und Distanz.

Es ist Mitternacht, bis ich von Schweiß durchnässt zurückkehre und meinen Entschluss gefasst habe. Doch bevor ich ihn ausspreche, will ich die Hotelreservierung in Norwegen nicht verfallen lassen. Wäre schade drum.

$\longrightarrow$

6. Kapitel

Ich saß bei Annika zuhause. Der kalte Winter war vorbei, wir hatten wieder einmal Frühling. So viele Jahre waren schon vergangen, hatten sich im Kreis gedreht, während ich in ihnen gefangen gewesen war. Blumen sprossen auch heute wieder aus dem Boden. Gerade tat ich das, was Frau Hirschberger empfohlen hatte: Wir schauten uns gemeinsam die Bilder von diesem letzten Urlaub an. Der mit Georg in Norwegen, den ich nicht verfallen lassen wollte. Im Nachhinein war das die richtige Entscheidung. Schöne Erinnerungen waren so wichtig. Der Schmerz war trotzdem noch da, das konnte ich nicht verleugnen. Doch er schmeckte inzwischen bittersüß, nicht mehr nach dem kalten absoluten Nichts.

Gemeinsam betrachteten wir die beeindruckenden Landschaften Skandinaviens. Zu jedem Foto erzählte ich eine kleine Anekdote. Annika wollte alles wissen. Sie wollte auch Tipps, zum Beispiel, was man dort gut mit Kindern unternehmen könnte. Die beiden Kids lachten und spielten dabei im Zimmer neben uns. Es war wirklich ein wundervoller Urlaub gewesen. Das dachte ich immer wieder.

Möglicherweise war er so schön, weil ich endlich frei gewesen war. Innerlich. Ich hatte endlich verstanden, dass es so nicht weitergehen konnte. Dadurch hatte ich den Mut gefunden, mich für mich selbst zu entscheiden. Jetzt hockten wir zwei Zwillingsschwestern Seite an Seite auf dem Wohnzimmerboden, hatten Weintrauben und Sekt vor uns stehen und lachten aus ganzem Herzen über fast jeden unserer Sätze. Selbst über die ernsteren Themen. Ich schlug nämlich irgendwann das Fotoalbum zu, und wir redeten über all die anderen Themen, die sich angestaut hatten.

Da war der Chatverlauf mit Jenny gewesen, mitten in der Pandemie. Zum ersten Mal sprach ich mit einem Familienmitglied so ausführlich darüber. Georg hatte natürlich alles abgestritten. Da sei nie etwas gelaufen. Das sei doch nur freundschaftlich gewesen! Ich würde mir mal wieder was zusammenspinnen. Auch jetzt noch, wenn ich Ewigkeiten später davon erzählte, wurde ich ein wenig wütend. Wie hatte er das nur tun können? Beim Trinken war es ähnlich gelaufen, auch da hatte er das betrieben, was mir später in der Klinik als Gaslighting erklärt wurde. Es bedeutete, er stellte seine Fehltritte so hin, als sei ich die Verrückte. Warf mir vor, paranoid zu sein und wiederholte es so oft, bis ich es glaubte. Dabei war das, was genau mit Jenny passiert war oder nicht, nicht mal von Bedeutung. Vielleicht hätte ich ihm einen Seitensprung sogar verziehen. Ich meine, wir hatten es beide nicht leicht damals und wollten aus unserem Leben entfliehen. Wir waren beide nur noch Wracks. Irgendwo wäre es nachvollziehbar gewesen. Aber diese Lügen und das Verleugnen von dem, was wirklich geschah, dieses mich Auflösen in Unwahrheiten, das konnte ich nicht mehr. Ich wollte auch nicht mehr kleingehalten werden.

Weil der Urlaub in Norwegen so traumhaft war, hatten wir danach doch nochmal versucht, zueinander zu finden. Über schöne Aktivitäten, Ausflüge und ähnliches. Diese Geschichten kannte Annika schon. Ellie ebenso, die ich mit zu unserer kleinen Session eingeladen hatte und die eben eingetroffen war. Jetzt saßen wir zu dritt auf dem Wohnzimmerboden, mit unserem Sekt, während die Kinder immer wilder und lauter im Kinderzimmer lachten. Zurück zu der Zeit nach dem Urlaub. Georg und ich saßen nach unserer Rückkehr so viel auf dem E-Bike wie lange nicht. Wir machten viele schöne gemeinsame Touren. Doch im Hinterkopf wusste ich, dass alles an einem dünnen Faden hing. Die letzte Faser wurde rau. Da halfen die Ausflüge auch nicht mehr.

Als ich mir sicher war, dass ich den Faden endgültig durchreißen würde, gestand ich meinen Eltern bei einem Besuch, was ich vorhatte.

»Dann fahr am besten gar nicht mehr zurück, sondern bleib gleich hier«, schlug mein Vater in meiner Fantasie vor. Er hätte mein Superman sein können. Mich aus meiner Lage befreien.

Er tat es nicht. Er erlaubte mir, Wonder Woman zu sein und mich selbst zu retten. Aber nicht mit Absicht. Das wahre Ausmaß meiner selbst war sogar für meine Eltern nicht richtig greifbar.

Als sie den Vergleich hörte, begann Ellie sofort, sich Heldennamen für uns alle auszudenken. So gern ich ihren kreativen Einfällen auch lauschte, noch immer fühlte ich mich nicht wirklich wie eine Heldin. Damals schon gar nicht. Mein Körper hatte nämlich komplett aufgegeben.

Er schickte mir Verdauungsprobleme, Hashimoto, Schlafstörungen und alle möglichen anderen Probleme. Ich ging auf dem Zahnfleisch. Georgs Eltern waren sehr besorgt. Doch ich hatte nicht mal mehr Lust, mich von ihnen bemitleiden oder behandeln zu lassen. Ich wollte nichts mehr hören und nichts mehr sehen, geschweige denn fühlen oder mich erklären. Da keifte seine Mutter mich an, dass man es mir nie recht machen konnte.

Ich hatte gestutzt. Noch heute ging mir der Satz durch den Kopf. Denn damit sprach sie eine Wahrheit aus, über die ich so nie nachgedacht hatte. Es gab nichts mehr, was ich wollte. Ich war planlos, hatte aufgegeben, und deswegen konnte man es mir auch nicht recht machen.

»Jetzt bist du das alles ja los«, meinte Ellie aufmunternd. Naja, fast. Da gab es schon noch ein paar Baustellen. Aber sie musste nicht alles darüber wissen, wie es mir ging. Nicht heute. Heute wollte ich Fröhlichkeit spüren.

Georg hatte mir damals den endgültigen Abschied erleichtert, als ich ihn wieder einmal vom Ende der Welt abholen durfte. Jahrelang war ich nun seine Chauffeurin gewesen, war Tag und Nacht, egal wohin, oft spontan, hingefahren. Indirekt ermöglichte ich ihm damit, immer zu trinken. Ich selbst musste natürlich nüchtern bleiben und zwang mir deshalb viel zu oft noch viel zu spät Koffein herunter. Kein Wunder, dass meine Verdauung den Geist aufgab ...

Es war die letzte Fahrt dieser Art. Ich fand Georg an unserem ausgemachten Treffpunkt vor. Immerhin das. Doch schon von Weitem erkannte ich, dass er wieder in seinem ganz speziellen Modus war. Er strauchelte durch die Gegend, allein, mitten in der Nacht, auf offener Straße in der City. Es war mal wieder lebensgefährlich. Ich konnte und wollte nicht mehr. Es reichte mir mit solchen Situationen. Aber ich musste helfen. Ich war ja da und wusste, was zu tun war. Also ging ich zu ihm, rechnete mit dem Schlimmsten, gab mich wieder für ihn auf – und erkannte beim Blick in seine eigentlich so schönen Augen, dass er einfach nur sturzbetrunken war.

Da musste ich nichts mehr sagen. Er wusste, was ich dachte und was nun passieren würde. Es war vorbei.
Kurz danach fuhr ich in die Klinik für meine eigene Behandlung und kehrte nicht mehr zurück.

Annika nahm mich in den Arm. Wir saßen immer noch in ihrem Haus. Meine Zwillingsschwester schmunzelte noch über den Superman-Vergleich mit unserem Vater, doch jetzt war sie auch mitfühlend. Ellie nahm einen Schluck Sekt. Sie konnte das alles nicht fassen. Mit so vielen Einzelheiten hatte ich die Story beiden noch nicht erzählt. Meine Schwester fragte, ob ich noch einen Kakao wollte. Ich sagte ja, bat sogar um einen mit Sahne. Ihre Tochter kam herein und wollte auch eine Tasse. Dann fragte sie, wer Ellie sei, weil die beiden sich noch gar nicht kannten, und machte ihr ein Kompliment für ihre Frisur. Die Kleine war begeistert von den gefärbten Haaren. Mir wurde warm ums Herz. An Tagen wie diesem war das Leben ein bisschen besser. Lebenswerter und lustiger. Ich verspürte das, was man Hoffnung nannte.

Am Montag darauf stand wieder ein Besuch bei Frau Dr. Hirschberger an. Bei den letzten Terminen war es hauptsächlich um meinen aktuellen Zustand gegangen. Wir hatten darüber gesprochen, was mich gerade so beschäftigte, wie ich mich fühlte und so weiter. Heute wollten wir eine Rückkehr zu den Anfängen wagen. Noch kannte die Therapeutin nämlich nicht die ganze Geschichte. Sie wusste nur, dass ich mit Panikattacken, diversen körperlichen Beschwerden, schwersten Depressionen und parasuizidalen Neigungen in die Reha-Klinik gekommen und länger geblieben war als die meisten Patienten.

Ich betrat die gemütliche Praxis. Bunte Dekoration aus aller Herren Länder hing an den Wänden oder stand auf den Holzkommoden. Der gemusterte Teppich hatte es mir besonders angetan. Dr. Hirschberger hatte ihren Notizblock bereits vor sich liegen.

»Guten Tag, Frau Ritter. Schön, dass Sie wieder hier sind.«

Sie nutzte immer meinen Mädchennamen. Allein schon das fühlte sich unfassbar frei und richtig an. Ich atmete tief durch. Nach einem kurzen Check, wie es mir gerade so gehe, stellte sie endlich die Frage: »Wie hat das denn damals alles angefangen?«

Ich ließ mich in das Sofa sinken. Gegenüber hing ein schwarzweißes Bild an der Wand. Die Linien fingen meinen Blick, lenkten mich ein wenig ab. Ich sammelte mich.

Dann begann ich mit dem Bootcamp. Dieser Teil der Geschichte war mir immer irrelevant vorgekommen, weil damals ja noch alles perfekt war. Aber er gehört dazu! Und Frau Hirschberger hatte selbst gesagt, man sollte auch die positiven Erinnerungen anerkennen. Also tat ich das. Weiter ging es mit den Jahren der Fernbeziehung. Dann kam unser im Nachhinein so unwichtig wirkender Streit wegen des Camps. Und dann, am nächsten Tag, der erste epileptische Anfall.

Hier entstand eine Pause, in der ich Frau Hirschberger schreiben ließ.

»Die Anfälle selbst waren aber nie das Problem«, betonte ich schließlich gegenüber der Ärztin. »Die gingen immer recht schnell vorüber. Irgendwann hat er sogar die Vorzeichen erkannt. Wir waren also vorgewarnt. Es begann immer erst danach.«

Sie konzentrierte sich, ließ ihren Stift klicken.

»Sie meinen, wenn er wieder langsam wach wurde?«

»Ja, genau. Wenn er eigentlich wach werden *sollte*. Aber er wurde es nicht wirklich, er war erst in einer Art Zwischenzustand.« Hier machte ich wieder eine Pause. Das war der harte Teil, der ganze Knackpunkt meiner Geschichte. Unserer Geschichte.

»Seine Ärzte hatten es mir so erklärt: Nachdem die Signale im Hirn wie wild gefeuert haben, fährt es sich erst Stück für Stück wieder hoch. Der älteste, primitivste Teil wird dabei zuerst aktiviert. Also das, was man Reptiliengehirn nennt. In diesem Modus wollte Georg immer fliehen, hatte Angst vor allem und wollte sich dann gegen diese Gefahren wehren. Wer ihn festhielt oder sich in seinen Weg stellte, war – aus seiner Sicht – eine Gefahr für ihn. Also wurde derjenige weggeschubst. Selbst wenn man ihm nur helfen wollte. So war es bei mir, so viele, viele Male. Er war unberechenbar, weil er ja nicht logisch dachte. Er begriff gar nicht, was los war.«

Frau Hirschberger nickte verstehend. Es war zwar nicht ihr Fachgebiet, aber ich schloss daraus, dass sie Grundkenntnisse besaß.

»Aber auch das war nicht mal das eigentliche Problem.« Meine Bewegungen, meine Stimme wurden nervöser. In der Klinik hatte ich für diesen Teil auch etwas länger gebraucht. »Wir hatten mit der Zeit so unsere Taktiken entwickelt, wie sich das Schlimmste verhindern lässt. Meistens jedenfalls. Das war dann halt ärgerlich, und oft ging was kaputt, aber das hätte ich vielleicht noch überstanden. Menschen werden nun mal krank und können nichts dafür.«

»Was war denn dann das Problem, aus Ihrer Sicht?«, fragte die Therapeutin und fügte noch hinzu: »So eine Situation ist trotzdem nicht normal und kann für Körper und Psyche extrem hohen Stress bedeuten. Sie hatten womöglich dauerhaft Angst um Ihren Freund und sich selbst. Oder wie haben Sie es selbst empfunden?«

»Genau das ist es. Die dauerhafte Angst war einer der größten Faktoren. Es war wie russisches Roulette, irgendwie. Manchmal ist nämlich auch gar nichts passiert.« Ich wunderte mich selbst über meinen Vergleich. Der war mir so vorher nie eingefallen.

»Mindestens so schlimm waren die Folgen für unser Sozialleben. Georg konnte nicht mehr fahren, er sollte nicht mehr trinken, ich war ständig unter Strom und müde und überfordert, und richtig verstanden hat das alles nie jemand.«

Frau Dr. Hirschberger brachte passend dazu das nächste Thema ein: »Also haben Sie sich allein und überfordert gefühlt? Sie haben in diesem Zusammenhang auch oft von Verschwiegenheit gesprochen. Aber viele in ihrem Umfeld wussten doch über die Krankheit Bescheid. Was haben Sie wem verschwiegen?«

»Die Folgen. Das Ganze danach. Die Gefahren, die Angst, seine Brutalität und die Verwirrung, davon wusste kaum jemand. Er konnte sich ja selbst nie daran erinnern, was er getan hatte, also Georg, und er wollte irgendwie bloß nicht, dass andere davon erfahren, was er alles unbewusst getan hat. Daraus ergab sich das, dass ich immer überspannt und überfordert war, aber nie jemandem sagen konnte, woher das wirklich kam. Die dachten alle, ich bin einfach lebensunfähig, würde mich reinsteigern oder keine Ahnung was.«

Fast hätte sich meine Stimme überschlagen. Jetzt wurde sie wieder langsamer: »Mein Leben war eine Lüge. Und ich fand kaum noch darin statt. Alles drehte sich um ihn, ihn, ihn und seine Gesundheit und seine Sicherheit.«

Wir machten beide kurz eine Verschnaufpause. Dann kamen wir zurück zum eigentlichen Thema, dem Verlauf der Beziehung. Ich erzählte davon, wie wir in die Nähe seiner Eltern gezogen waren. Von der Hochzeit, dem Lockdown, dem Urlaub. Einen Teil dazwischen übersprang ich zunächst, denn das war aus meiner Sicht der ‚*Höhepunkt*' unserer Geschichte. Wortwörtlich. Er war so weit oben über dem Boden gewesen. Die Erinnerung daran sorgte immer noch dafür, dass mir schlecht wurde. Ich konnte das nicht einfach in einem Nebensatz erwähnen.

Ich nahm mir einen Ruck. Wenn das hier funktionieren sollte, musste ich über den Sturz reden.

»Ich hatte wirklich gedacht, er sei tot. Fast wäre er gestorben.«

Frau Hirschberger sagte nichts, ließ mich weiterreden. Darüber, dass ich jederzeit zu spät heimkommen und ihn bereits tot vorfinden könnte.

»Es kam noch etwas dazu«, seufzte ich, als Frau Hirschberger kurz auf die Uhr gesehen hatte. »Vieles, was ich vom Leben wollte, war plötzlich nicht mehr möglich. Eine normale, glückliche Ehe, in der ich auch mal nur die Ehefrau sein darf. Kinder haben. Freunde treffen. Feiern. So was halt. Also ja, er hat mich reisen lassen und feiern, wir waren auch manchmal zusammen weg, aber ich konnte ihn irgendwann nicht mehr allein lassen. Immer, wenn ich mit Freundinnen weg war, war da dieses fiese Gefühl.«

Weil ich jetzt nicht mehr konnte und mir die Tränen kamen, sprach ich lieber über die sachlichen Aspekte der Krankheit. Ich erzählte von einfachen und komplex fokalen Anfällen. Von Georgs unterschiedlichen Reaktionen, also dass er nicht immer gefährlich wurde, sondern manchmal auch ich. Nämlich dann, wenn er nur ruhig und wehrlos war und ich alles mit ihm anstellen konnte. Ich erzählte von Georgs Gedächtnislücken nach den Anfällen und davon, welche Knochen alle gebrochen waren, als er vom Dach gestürzt war. Irgendwie half es mir auch, ganz nüchtern über die Dinge zu reden.

»Wie geht es Georg denn jetzt«, fragte die Therapeutin schließlich, als die Stunde zu Ende ging.

Ich antwortete: »Den Umständen entsprechend. Er ist auch gebrochen. Er zeigt es nur anders. Eben, indem er zum Beispiel so viel trinkt oder diese Chat-Affäre angefangen hat. Er verdrängt es. Er wollte sich ja auch nie über das Thema informieren. Ihm würde eine Therapie bestimmt auch guttun, aber ich weiß nicht, ob er je eine macht. Passt nicht ins Bild seiner Welt, wo manche Dinge lieber unter den Tisch gekehrt werden, statt mal richtig aufzuräumen.«

Frau Dr. Hirschberger hatte weniger mitgeschrieben als erwartet. In erster Linie hatte sie zugehört. Sie wusste, dass ich genau das brauchte, weil es mir in den ganzen elf Jahren gefehlt hatte.

Zuhörer. Die suchte ich irgendwann auch bei meinen Dates. Am Anfang noch nicht, da war es Ablenkung und ich glaube auch ein wenig das Nachholen meiner Jugend. Irgendwann kam der Punkt, an dem ich mir wieder persönliche Verbindungen wünschte.

Einmal ging ich auf eine Party, mit meinen Mädels von früher. Es war quasi die gleiche Gruppe wie an meinem neunzehnten Geburtstag, nur waren diesmal noch zwei Arbeitskolleginnen dabei. Schon ein lustiger Zufall.

Wir amüsierten uns auf der großen Tanzfläche des Berliner Clubs. Eine klassische Diskokugel drehte sich über uns.

Alles war kunterbunt und glitzerte. Es war Neunzigerparty. Der große Trend unserer Generation.

Ich tanzte und fühlte mich wieder jung und frei. Mein Outfit, meine Haare, alles passte heute perfekt zusammen. Meine Haut sah auch endlich wieder akzeptabel aus. Ich fühlte mich wohl in meinem Körper. Da sah ich einen Mann am anderen Ende der Tanzfläche. Er schaute mich direkt an. Es war fast wie in diesem einen Traum. Die damalige Clara hätte sich ihm sofort hingegeben. Das wäre dieser magische Moment, auf den sie gewartet hatte. Aber die heutige Clara war erwachsen. Sie genoss zwar den Augenblick, aber sie kannte auch ihren Wert. Deswegen rannte sie nicht gleich zu dem Unbekannten. Sollte er doch rüberkommen. Tatsächlich kam er mit einem seiner Freunde zu uns. Sein Freund sprach Louise an, er mich. Wir unterhielten uns. Ich erwartete das typische Flirten, doch er war erfrischend unaufdringlich. Wir quatschten zum Beispiel über die Uni und stellten fest, dass wir den gleichen Dozenten gehabt hatten. Er lebte noch immer hier in Berlin. Ich sagte ihm, dass ich inzwischen in Lübeck wohnte, zwischenzeitig bei Leipzig, und nur zu Besuch war. Als wir beide unseren Drink leer hatten, stellte er mich seinen Freunden vor.

Es war schön, wir hatten unseren Spaß, doch wir schliefen am Ende in unserem jeweils eigenen Bett. Es war nämlich keine sexuelle Spannung aufgekommen. Dafür hatte ich wohl einen neuen Freund gefunden.

Jemanden mitzunehmen wäre an dem Tag aber ohnehin unpraktisch gewesen, denn ich übernachtete bei Annika, ging mit ihr heim und musste am nächsten Morgen früh raus, um auf ihre Kinder aufzupassen. Leo und meine Schwester wollten sich einen Sonntag zu zweit gönnen.

Meine Zusage für den Babysitter-Job war sehr begeistert gewesen. Ich hatte so schnell ja gesagt, dass Leo lachen musste. Möglicherweise sprach da die Frau aus mir heraus, die selbst gerne Mutter wäre und jetzt so viel wie möglich Tante sein wollte. Es war nicht ganz das Gleiche, dachte ich wehmütig, während die beiden Kleinen ihre Bilder ausmalten und mich darüber ausfragten, wie Vulkane funktionieren. Aber es war trotzdem schön.

Zwang ich mich gerade zu sehr, positiv zu denken? Vielleicht.

Ich hatte mir aber auch jahrelang eingeredet, dass ich immer mit dem Schlimmsten rechnen, also immer negativ denken musste. Das hier war der Ausgleich.

Als die beiden Kinder dazu übergingen, mit Stöcken aus dem Garten zu spielen, spürte ich einen Stich. Ich sah die Kids spielen und fühlte sofort am eigenen Leib den Schmerz, den sie sich mit den Stöcken zufügen konnten. Fast wäre ich auf sie zugesprungen und hätte ihnen die Teile aus der Hand gerissen. Der Automatismus war tief in mir verwurzelt. Überall witterte ich Gefahr. Dabei kamen Schmerz und Verletzung im äußeren Schnitt viel seltener vor als in meinem Leben.

Es ist alles in Ordnung, sagte ich mir selbst immer wieder, Kinder müssen selbst lernen, verantwortungsvoll mit

Gegenständen umzugehen. Du kannst und musst nicht jeden vor jeder Gefahr beschützen.

Ihr Lachen klang über die Wiese. In jeder Sekunde erwartete ich, dass es in Weinen und Schreien umschlug. Nichts Derartiges geschah, und als Annika und Leo zurückkamen, waren die Kinder müde und unverletzt. Den Schweiß hatte ich mir unauffällig fortgewischt.

Nun saß ich im Zug auf dem Heimweg nach Lübeck. Autobahn fahren klappte noch immer nicht so gut, ich nahm lieber den Zug. Das Schöne daran war jedoch, dass ich entspannt auf meinem Handy tippen konnte. Ich schrieb jemandem, der mir in letzter Zeit immer wichtiger geworden war. Einem Kollegen. Es war Jan. Das war so die Zeit, als wir uns näher kennengelernt hatten und die kurzen Dates und Affären aufhörten.

Die flache Landschaft zog an mir vorüber. Ich stellte fest, dass ich jetzt Mitte Dreißig war, aber ein Frischling in Sachen klassisches Dating. Bei meinem ersten Freund war ich noch ein Teenager gewesen, da liefen die Dinge eh anders. Und Georg hatte ich in dem Bootcamp kennengelernt, das lief ganz organisch. Jetzt musste ich mir plötzlich (sichere) Treffpunkte ausdenken. Restaurants und Kinofilme aussuchen oder sich gegenseitig den Lieblingsurlaubsort verraten oder die Inhalte des Studiums erklären. Man machte sich Komplimente und Geschenke, obwohl man sich kaum kannte. Und wenn es nicht passte, ging irgendwann einfach der Kontakt verloren. Dann wurde diese Person, die eben noch in deinem Schlafzimmer lag, wieder zu einem Fremden. Es war merkwürdig. Aber auch interessant. Manchmal fühlte es sich sogar an, als ob

ich bei diesen Treffen nicht ich selbst war. Die Clara, die ich kannte, war mehr oder weniger seit ihrer Jugend vergeben. Also spielte ich verschiedene Rollen, testete mich aus.
Mal war ich die Verführerische, mal die Unternehmungslustige, mal die Mysteriöse. Ich ließ mich auf Dinge ein, die ich nicht von mir erwartet hatte. Dass das erst recht mein wahres Ich war, das sich endlich entfalten und ausprobieren konnte, begriff ich nur durch die Therapie. Jetzt war da Jan, und die sich ausprobierende Clara verschwand wieder.

Es wurde dunkler draußen. Der Abend kam über Mecklenburg-Vorpommern. Das und die flirtende Unterhaltung ein paar Reihen hinter mir passten zu meiner nächsten Erinnerung ...
Es war eine heiße Nacht gewesen. Eine meiner, nennen wir sie mal, neuen Bekanntschaften, hatte einen besonderen Wunsch. Wir waren bei ihm.
Er sagte mir, er hätte eine Bitte an mich. Er wollte, dass ich ihn würgte. Nur ein bisschen, nichts wirklich Gefährliches.
Panik. Ich fühlte einen festen Griff an meiner Kehle.
So was machten doch viele Menschen, redete ich mir verzweifelt ein. Die Erfahrung kann nicht schaden. Dann siehst du, dass es harmlos ist. Komm schon, Clara.
Ich bewegte meine Hand nach oben, in Richtung seines Halses. Nein, erst nur zu seiner Schulter. Dort griff ich mehr sein Schlüsselbein als den Hals. Der Mann sah mich an, seine Brauen zogen sich zusammen. Er wartete, dass ich etwas tat. Nur wenige weitere Millimeter bewegte sich

meine Hand weiter. Ich formte sie, als würde ich etwas greifen. Aber statt zu tun, was dieser Typ erwartete, verkrampfte meine Hand komplett.

Mir sprang nur wieder die Angst in den Nacken.

Was, wenn ich die Kontrolle verlor und vor Wut einfach weiter zudrückte ... bis er nicht mehr atmete? Schweiß stieg mir auf die Stirn und es war kein Guter. Ich konnte das nicht, ich wollte das nicht, ich musste von ihm weg.

Ich sprang auf, kroch durchs halbe Zimmer.

»Tut mir leid. Miese Erfahrungen.«

Er dachte, er könnte mich beruhigen, indem er langsam von hinten auf mich zukam und seine Arme um mich legte. »Ich fürchte, andersrum geht dann gar nicht? Also, dass ich es bei dir versuche?«

Was?

Bloß nicht!

Meine Panik stand mir jetzt klar ins Gesicht geschrieben.

Ich atmete schneller, mein Herz raste, es war wie zu schlimmsten Zeiten. Obwohl gar nichts passiert war, außer, dass dieser Mann mich um etwas gebeten hatte, das ihm Freude bereitete.

Er ließ mich sofort los. Erst jetzt wurde mir klar, dass ich splitterfasernackt in einem ziemlich kalten Raum stand, und fühlte mich plötzlich weder schön noch sexy, sondern unsicher. Deswegen wickelte ich die Decke vom Bett ganz eng um mich.

Eine oder zwei Minuten lang herrschte bedrücktes Schweigen. Er drängte mich zu nichts, wusste aber auch nicht wirklich, mit der Situation umzugehen. Außerdem sah ich ihm seine Enttäuschung an.

Als mein Puls sich normalisiert hatte, gestand ich meinem Date, woher die Angst kam. Ich war noch nicht so weit, dass ich mit dem Würgen meine Scherze treiben konnte oder es mir wünschte. Ich selbst konnte erst recht niemandem mehr weh tun – selbst, wenn derjenige darum flehte.

Er verstand und akzeptierte es. Dann lag ich einfach in seinen Armen, bis wir beide einschliefen.

Seit diesem positiven Erlebnis wurde ich bei all meinen Dates offener. Ob ich es unbewusst nur tat, um mich selbst davor zu beschützen, wieder in eine solche Lage zu geraten, wusste ich nicht. Ein gutes Gefühl hinterließ es auf jeden Fall. Wenn mich die Männer etwas über mich fragten, dann erzählte ich von jetzt an meine Geschichte. Nicht so dramatisch, um sie gleich zu verschrecken. Aber ich war ehrlich, hielt schon beim ersten Treffen nichts aus Höflichkeit oder ähnlichen unnützen Gründen zurück.

Wer am meisten auf meine Erzählungen einging, war dieser Kollege von der Arbeit – Jan. Er interessierte sich für mich wie nie jemand zuvor. Das schaffte einen Nährboden, sodass ich mich auch für sein Leben interessieren und begeistern konnte.

Wir waren etwa gleich alt, das heißt, unsere Treffen waren auf Augenhöhe. Es war nicht mehr wie damals bei Georg, den ich als Teenager angehimmelt hatte. Außerdem: Jan kam klar. Er brauchte mich nicht. Aber er wollte mich. So kamen wir uns näher, bis wir an einen Punkt kamen, den man als Beziehung bezeichnen konnte. Noch war alles ganz frisch. Ich lernte ihn immer noch kennen, und ich lernte auch mich selbst in diesem Prozess neu kennen. Da war zum ersten Mal seit Langem eine zuversichtlichere Clara.

Bei Jan hatte ich keine Angst, das Steuer abzugeben und mal einfach sein zu können. Im wahrsten Sinne. Als ich zum ersten Mal wieder auf einem Beifahrersitz saß, mit einem Mann neben mir und einfach verträumt am Radio herumspielen konnte, durchflutete tiefe Entspannung meinen Körper. Als es dunkel wurde und wir seit zwei Stunden unterwegs waren, schloss ich sogar die Augen. Das Auto rauschte weiter, die Räder drehten sich. Bunte Lichter leuchteten um mich herum, es war gemütlich warm hier drin. So fühlte sich Geborgenheit auch an.

Nun ging es wieder auf Weihnachten zu. Jan und ich steckten mitten in den Vorbereitungen. Der Schock aus Hamburg war verarbeitet, stattdessen beschäftigte ich mich mit glänzenden Schleifen und kleinen Päckchen. Weihnachtsmusik lief, es duftete nach Zimt und Orangen, genau, wie es sein musste. Die ersten fertig gepackten Geschenke lagen schon im Raum. Jan knisterte hinter mir mit einer Tüte herum. Darin waren Plätzchen vom Supermarkt. Also wenn, dann lieber selbstgebacken, dachte ich, während ich den Krach auszublenden versuchte. Ich reagierte noch ein bisschen stark auf störende Geräusche wie dieses. Doch das Wissen, dass dahinter nur etwas Harmloses steckte, ließ die Anspannung verfliegen. Stattdessen mühte ich mich mit dem Papier und den Schleifen für das nächste Geschenk ab. Es war das für meinen Neffen. Plötzlich fehlte etwas.

»Jan? Kannst du jetzt schon einkaufen gehen? Ich fürchte, wir haben kein Klebeband mehr.«

Jan seufzte belustigt. »Ich hab doch gestern erst danach gefragt!«

Meine kleinlaute Antwort war: »Ich weiß. Da dachte ich, die Rolle wäre noch voll. Jetzt ist sie doch leer. Aber du hast gesagt, du willst eh noch Pizzazutaten holen.«

Zwei Minuten später war er aus dem Haus. Wieder mit seinem eigenen Auto. Für andere Menschen mochte das nichts Besonderes sein. Dass man Beifahrer sein kann, oder der Freund allein außer Haus Erledigungen macht. Für mich war es das. Endlich war die Arbeit wieder gleich verteilt. Wobei: Fürs Geschenke Einpacken war trotzdem noch ich zuständig. Aber das ließ ich mal durchgehen, das machte ich auch gerne.

Ich legte die Päckchen beiseite. Zweieinhalb waren noch nicht verpackt. Immerhin war genug Geschenkpapier da, das hatte ich extra nochmal überprüft. Ich setzte mich an den Küchentisch und sah mir Urlaubsfotos von anderen auf Instagram und Pinterest an. Es war eine schöne Inspirationsquelle für Orte, die ich noch bereisen wollte. Schon jetzt im Winter träumte ich vom nächsten Sommerurlaub. Mit Jan und vielleicht noch ein paar Freunden. Mit Sport am Morgen, Erkundungen über den Tag hinweg und Party am Abend.

Da es etwas länger dauerte, bis Jan zurückkäme, überlegte ich, nochmal Georg anzurufen. Unser letztes Telefonat war schon wieder etwas länger her. In schlechten Momenten schloss ich aus seiner Funkstille, dass wieder etwas Schreckliches passiert war. In guten wusste ich, dass wir nicht mehr so aneinander klammern durften und das eine gute Entwicklung war. Auch er hatte sich mit einer anderen Frau getroffen. Sie nahm wohl einiges seiner Zeit in Anspruch. Ich freute mich darüber. Aber jetzt wollte ich doch nochmal mit ihm sprechen. Ich wählte seine Nummer.

Er ging ran und klang etwas verschlafen: »Hey Clara. Willst du was Wichtiges?«

»Nein. Habe ich dich geweckt? Oder passt es grad nicht?«

»Alles gut, aber ja, sozusagen. Ich wollte was lesen, bin dabei aber eingedöst. Ist aber gut, dass du mich geweckt hast, weil ich heute Abend noch wegmuss, und bis dahin will ich jetzt wieder richtig wach werden.«

»Geht's mit den Jungs weg?«

Er wusste, was ich damit indirekt fragen wollte. Ich wollte zwei Sachen gleichzeitig wissen, und er beantwortete mir beide: »Nein, die sollen mal ohne mich trinken gehen. Das brauch ich gerade nicht. Ich treffe mich mit Sandra.«

Das freute mich zu hören, wirklich. Ein paar Minuten später legten wir auf. Georg musste sich fertigmachen. Dieses Mal beendete ich unser Gespräch bewusst. Der Netzanbieter war endlich wieder störungsfrei, ich musste wegen ihm nicht mehr an meinem Verstand zweifeln. Das war immerhin eine gute Sache. Doch die nächste rein hypothetische Sorge folgte sofort: Was, wenn Jan nun zurückkäme und ich genau in dem Moment aufgelegt hätte. Würde er dann denken, ich habe ihn nur fortgeschickt, um telefonieren zu können? Würde es zum Streit kommen? Aber er wusste doch von den Gesprächen. Ihn dabei zu haben, wäre trotzdem komisch. Sollten sie sich bald kennenlernen? Ich war mir da noch nicht so sicher, nicht jetzt. Aber irgendwann in der Zukunft sprach eigentlich nichts dagegen. Georg und ich waren nach wie vor Freunde. Der Gedanke daran, dass wir alle glücklich leben könnten, zauberte mir ein Lächeln ins Gesicht.

Jan kam zurück. Wir verpackten die Geschenke gemeinsam. Ich zeigte ihm ein, zwei Techniken, wie er so ein Päckchen noch schöner gestalten könnte. Dann sagte er, er müsse noch was für die Arbeit erledigen. Vor Weihnachten konnte es auch stressig sein.

Das war kein Problem für mich. Ich hatte schon einen eigenen Plan.

Ich fuhr mal wieder an den Strand, allein. Dieses Mal fragte ich gar nicht erst, ob Annika mitwollte. Heute wollte ich die Ruhe, die Zeit für mich selbst. Ich fuhr dieses Mal auch nicht an meine übliche Stelle, sondern wollte etwas Neues ausprobieren.

Auf der Fahrt gingen mir Szenen der Gewalt durch den Kopf, von uns beiden. Wenn alles still war, kamen sie manchmal noch hoch.

Es dämmerte schon. Ich konnte den Weg kaum mehr vor mir sehen. Auch das Meer selbst war dunkel. Sein Rauschen klang heute tiefer, jedenfalls kam es mir so vor. Nur wenige vereinzelte Menschen waren hier. Sie lachten in der Ferne. Ich sah ein Lagerfeuer. Eine Frau mit einem Hund kam mir entgegen. Sie telefonierte und tauschte

Klatsch und Tratsch aus. Sie erwähnte das Wort Krankenhaus. Ich zuckte unwillkürlich zusammen, sah mich hektisch um, hörte in meiner Vorstellung Sirenen, zog die Jacke enger, um mich geschützt zu fühlen. Meine Atmung wurde schneller. Nach wenigen Schritten beruhigte sich alles wieder. Auch das Meer schien wieder entspannter zu rauschen. Alles wurde langsam besser. Doch manchmal kamen noch seltsame Reaktionen von mir, dann stellten die Leute ihre Fragen. Sogar Sebastian war in Hamburg irritiert und musste es sich erst von Viola erklären lassen. Zum Glück hatte er es dann verstanden. Aber wenn nicht, dann wäre das eben so. War auch schon vorgekommen. Ich hatte begriffen, dass ich mir aussuchen konnte, mit wem ich mich umgab, und wer mich nicht ernst nahm, dem musste ich es nicht auf Teufel komm raus recht machen.

Als die Frau außer Sichtweite war, lief ich in den Sand hinein. Meine warmen Stiefel hinterließen Abdrücke mit Sternenmustern. Währenddessen zeigten sich am Himmel die ersten, am hellsten leuchtenden Sterne. Der Hund der Spaziergängerin bellte einmal in der Ferne, sie pfiff nach ihm, dann war es wieder still, und da war nur das Rauschen der Ostsee, das Kreischen der Möwen und ein leichter Windzug an meinen Ohren. Ich hörte Schilf rascheln. Meine Sinne waren wach und aufmerksam.

In eine Richtung erkannte ich das Festland, wir befanden uns immerhin in einer Bucht. Wenn ich ein bisschen nach links schaute, ging die See gefühlt bis in die Unendlichkeit. Sie war so weit und offen. Wie das Leben, dachte ich, so wie es jetzt endlich wieder ist. Es war schon viel passiert, aber ich hatte auch noch so vieles vor mir. Da draußen, in den Wellen, gab es noch so viele Abenteuer zu erleben und Begegnungen zu machen. Es gab freie Entscheidungen, in welche Richtung ich segeln wollte und an welchem Hafen ich irgendwann ankommen würde. Klar war es manchmal stürmisch da draußen. Es war kalt, und wer wusste schon, was in den Tiefen lauerte. Doch wie ein Entdecker aus der Renaissance ließ ich mich darauf ein. Bestimmt würde ich weitere Fehler machen. Auch jetzt wachte ich an manchen Tagen auf und fühlte mich schwach, verwirrt, ängstlich, ausgezerrt, zu alt für einen Neustart. Mein Leben war nicht plötzlich perfekt, nur weil ich in der Klinik gewesen war und jetzt in Therapie ging.

Doch irgendwie war es ... okay. Ich kam wieder zurecht. Ich hatte das Steuer in der Hand und konnte segeln, wohin ich wollte. Wie aufs Stichwort leuchtete tatsächlich das Licht eines Bootes in der Ferne auf. Was wohl seine Geschichte war, woher es kam und wohin es fuhr?

()

Nachwort

Liebe Leserinnen, liebe Leser,

so surreal mir das Leben während dieser Ereignisse erschien, so surreal ist es auch jetzt, das fertige Manuskript vor mir zu sehen. Lange habe ich darüber nachgedacht, ob und wie ich meine Erlebnisse überhaupt festhalten und veröffentlichen kann. Schließlich möchte ich das, was wir durchgemacht haben, realistisch darstellen. Ohne zu viel von der Privatsphäre anderer Menschen zu offenbaren. Menschen, die mir wichtig sind.

So kam ich auf die Idee, meine Geschichte in einem Tatsachenroman zu verpacken. Viele Szenen aus »Gemeinsam einsam« sind von meinem eigenen Leben inspiriert. Doch es gibt auch zahlreiche fiktive Momente, Personen und Dialoge in diesem Buch, die die Botschaften und das Gefühl unterstützen sollen, das ich transportieren möchte, ohne zu übertreiben. Es basiert also auf wahren Begebenheiten, doch viele Details und natürlich die Namen aller Beteiligten habe ich verändert.

In diesem Roman habe ich den Fokus bewusst nicht auf den Erkrankten gelegt und nicht aus seiner Sicht geschrieben, sondern aus der Sicht der Freundin und späteren Ehefrau. Weil die Perspektive der Angehörigen oft übersehen wird. Es entsteht verborgenes, nicht nachvollziehbares Leid. Angehörige möchten helfen, für den anderen da sein, doch irgendwann wird es zu viel, und eigene Erkrankungen können die Folge sein.

Ich möchte ein für alle Mal genau dieses Schweigen brechen und allen Angehörigen – und natürlich auch den Betroffenen – Gehör verschaffen und für mehr Verständnis sorgen. Meiner Ansicht nach sollte in der Öffentlichkeit mehr über Epilepsie, andere nicht heilbare und psychische Krankheiten gesprochen werden. Es kann uns alle treffen, und wir alle verdienen es, informiert zu sein und verstanden zu werden.

Wichtig ist mir auch der Hinweis: Epilepsie hat viele Gesichter – kaum wahrnehmbare und dann wieder ganz offensichtliche. Nicht immer sind die Folgen eines Anfalls so dramatisch, wie wir es erlebt haben. Einer von 100 lebt mit Epilepsie. Statistisch gesehen kennt jeder mindestens einen Betroffenen. Warum sehen wir sie nicht? Ich hoffe, mein Roman ist eine Anregung zum Nachdenken.

Auf meiner Website (www.maren-blaschke.com) finden Sie Anlaufstellen sowie weitere Informationen über mich und meine Veröffentlichungen.

Vielen Dank an dieser Stelle an alle, die mich bei meinem Buchprojekt unterstützt haben. Mir selbst bin ich dankbar, dass ich keinen Rückzieher mehr gemacht, sondern diese Idee verwirklicht habe. Ich hoffe, dass ich euch mit der Geschichte von Georg und Clara helfen konnte.

Eure Maren